公主傳奇

34

穿越千年的思念

馬翠蘿
麥曉帆　著

新雅文化事業有限公司
www.sunya.com.hk

人物簡介

周曉星

周曉晴的弟弟，一個風趣幽默的淘氣精，不時有天馬行空的奇怪想法。

馬小嵐

來自香港的烏莎努爾公主，聰明美麗、正直善良。敢於向困難挑戰，最喜歡說的話是「天下事難不倒馬小嵐」。

✦ 周曉晴 ✦

馬小嵐的好朋友，
漂亮活潑，喜歡打
扮，最常做的事是
和弟弟鬥氣。

✦ 萬卡 ✦

烏莎努爾公國第十九
代國王，風度翩翩、
英勇果敢。是國民眼
中的好君王，小嵐和
曉晴曉星心目中的暖
心大哥哥。

目錄

第一章
甘羅去哪兒了

　　偌大的二號演講廳裏，坐了一千多名學生，大家都全神貫注地看着台上講者——著名歷史學博士韓陽樹，聽着他講課。

　　韓博士在烏莎努爾十分有名，他學問好，對人和靄，還長得帥，能請他來講一堂課很不容易，所以今天高中部學生集中一起聽課，免得浪費了這次大好機會。

　　今天韓博士講的是中國歷史上的秦朝。這時，他剛剛講到秦時著名神童——甘羅。

　　「甘羅是戰國時秦國丞相甘茂的孫子。甘羅可以稱得上是中國歷史上少有的神童，他小小年紀便出使趙國，說服趙國送贈五座城市給秦國，功勞浩大，十二歲時便被秦王封為上卿。上卿在那年代相當於丞相……」

　　「我小時候就聽爸爸講過他的故事了，『甘羅

十二為上卿』，很精彩。甘羅的確很聰明，差一點點就有我那麼聰明了！」曉星坐在小嵐旁邊，一邊小聲嘀咕，一邊用右手手指轉着一枝原子筆。

「真不要臉！」小嵐白了他一眼，又瞪着他不安分的手，嫌棄地說，「你的手別老是在動好不好，弄得我的頭都暈了。」

「小兒多動症發作了。」曉晴在旁邊哼了一聲。

曉星被兩個姐姐搶白，雖然伸出舌頭扮了個鬼臉以示不滿，但還是停了手。不過才稍停十幾秒，他又不安分了。台上韓博士講完甘羅剛要講別的，曉星就舉手要問問題。

韓博士喜歡好發問的學生，便微笑着做了個「請講」的手勢。

曉星站了起來，接過教學助理遞來的麥克風，問道：「請問韓博士，甘羅十二歲那年，成為上卿之後，還有立下什麼功績嗎？為什麼沒聽過他長大以後的故事？」

「請坐。」韓博士優雅地朝曉星點點頭，然後說，「這問題問得好。擔任上卿之後，本該更可以大展宏圖的甘羅，確實很離奇地沒了蹤跡，在各種

文獻記載中，幾乎找不到關於他後續的事跡，史書中也再沒有關於他的記載。以他這樣一位令人矚目的神童來說，這的確是一件很奇怪的事情。可以說直到現在還是一個歷史之謎。」

韓博士說着，隨手在黑板上寫了「歷史之謎」四個

字。接着，他又在歷史之謎後面寫了另外四個字「四種猜測」。寫完，他敲着黑板說：「後世所傳，總結起來有以下四種說法。第一種說法是聰明的甘羅預見天下即將大亂的局勢，他不忍心見到人民受苦受難，而自己人小力微，也無法改變局面，心灰意冷之下便離開了朝堂，找了一處風景優美的地方隱居了；而第二種說法是他因為生病去世了。在古老的年代裏，人類的平均壽命都在四十歲以下，而疾病是致死的首要原因。在當時落後的醫療條件下，一些十分普通的疾

病，例如傷風感冒，或者輕微外傷，都有可能死人。甘羅一個十二歲的少年，身體未長成，抵抗力也遠遠不如一個成年人，如果得了病，那醫治無效去世也是很可能發生的事；第三種說法是甘羅是下凡的小神仙，他突然消失是被上天召回天上去了。當然，這種說法是最不科學的，這世界哪有神仙；第四種說法是被秦始皇殺死了，因為甘羅太聰明了，比他這個皇帝還聰明，這讓秦始皇感到害怕。不過，這些都是後人的揣測，甘羅為什麼消失，史實中沒有記載，所以甘羅失蹤，成了歷史上一個未解之謎……」

韓博士說到這裏，又有人發聲了：「報告！」

是誰呀？不用問了，又是曉星那傢伙。

韓博士一看，臉上露出慈祥的笑容，好喜歡這愛提問的小孩哦！他雖然才四十來歲，但卻笑得像個慈祥的爺爺，他對曉星說：「請說。」

曉星語出驚人：「我覺得，甘羅的失蹤，不排除有第五種可能。」

「啊！」演講廳裏哄的一聲熱鬧起來了。

學生們都紛紛交頭接耳，議論起來了。第五種可能？還會有第五種可能？！

韓博士瞪大眼睛，呆了呆，接着很虛心地向曉星請教：「好啊，你説説。」

唯有小嵐用手捂住臉。她真是沒眼看了，這臭小孩，不知又會説些什麼驚天大謬論。

曉晴趕緊往旁邊挪了挪，裝作不認識自己弟弟。

曉星煞有介事地站了起來，説：「我有理由懷疑，甘羅是穿越了，去了另一個時空，所以人們找不到他。」

頓時，全場皆靜，大家都張口結舌地看着這個腦洞大開的傢伙，心裏直嘀咕：這傢伙看多了穿越小説吧，不知道小説都是虛構的嗎？

韓博士一臉慈愛地望着曉星：「這位同學，你真會開玩笑。現實生活中，哪有穿越這回事呢？」

「有，怎麼沒有？我和小嵐姐姐就……」

兩隻手同時伸過來，「啪啪」兩聲蓋住曉星的嘴，不讓他説話。小嵐站起來，説：「老師，對不起。曉星同學發燒了，人有點迷糊。」

「哦，原來是這樣。」韓博士恍然大悟。

曉晴又補了一句：「老師，我們現在就帶他去看病。」

「好好好，快去吧！可憐的孩子，別燒壞頭腦了。」韓博士慈愛的臉上帶上了擔憂。

「唔唔唔唔唔。」曉星想說我沒有發燒，但嘴巴被捂住，說不出話來，兩個小姐姐很快就把他拽出了演講廳。

「為什麼不讓我說話呀！」走到操場上，曉星才被解除禁錮，他忿忿地向兩個姐姐抗議着。

小嵐眼睛一瞪：「為什麼？你心知肚明！你分明想把我們曾經穿越時空的事情說出去。」

「為什麼一直瞞着，我都快要悶死了。」曉星嘟着嘴說。

曾經去過三國，親眼見證「曹沖稱象」*；曾經去過漢朝，跟戰神韓信做朋友；曾經見到過大唐盛世，大宋輝煌，大明鼎盛，這一切一切，對於喜歡吹牛的曉星來說，是多麼值得驕傲值得誇耀的事。但是，兩個姐姐就是不許說出去，讓他當作永遠的秘密。這簡直讓曉星每每想起，都得捶胸頓足、仰天長歎一百

---

* 想知道更多關於小嵐拯救曹沖的經過，可看《公主傳奇 25 回到三國的公主》。

遍，那種懊惱，那種憋悶，太折磨人了。

「好！說，你說，你只說自己去過就好了，別連累我們。還有，到時你被人像白老鼠一般關進實驗室，切片檢查，我們是一定不會去救你的。」曉晴雙手叉腰，大聲說。

「不說就不說吧，那麼兇幹嘛！」曉星拍拍身上被弄皺了的衣服，悻悻地說。

他想了想，說：「不過，我真是很想弄清楚甘羅十二歲之後究竟去了哪裏。看看有沒有第五種可能。」

他拉着小嵐的手，晃呀晃的，撒嬌道：「小嵐姐姐，你不也是神童甘羅的迷妹嗎？難道你就不關心甘羅的命運嗎？不如咱們就去找找史料，看有沒有什麼新發現。你們想想，如果甘羅失蹤之謎由我們來解開，那是一件多麼了不起的事啊！嘻嘻，想想就開心。試試好不好？好不好嘛？」

甘羅的確是小嵐的偶像。記得小時候，她聽爸爸講了《甘羅點兵》的故事後，還糾集了幼稚園一幫小孩子，演繹了那個故事，她就扮演了故事中的甘羅。幼稚園老師看了都讚好，後來還讓他們在春節聯歡會

上演出了，讓小朋友拍紅了小手掌。

「哎呀，你一個男孩子撒什麼嬌！」小嵐甩開了曉星的手，把手一揮，「好吧，我們就去國家文史館瞧瞧，看看能不能找到一點蛛絲馬跡。」

「走走走！」曉星最高興了。如果真的找到些資料，證明甘羅是穿越時空了，他豈不成了提出這論點的第一人？

哈哈哈，那到時成了著名歷史學家，到處演講，迷倒萬千少女的，就是他曉星了，連老帥哥韓博士也沒他受歡迎。

曉星腦子裏已經在想着自己受歡迎的場面了，到時，自己面對歡呼的人羣，怎麼回應才更帥呢？笑容應該燦爛一點，還是矜持一點？

一隻手掌拍到他腦袋上：「傻笑什麼，快走呀！」

「嗚嗚嗚，姐姐你又打我！」

第二章

發現男裝版的小嵐

三人組很快去到了國家文史館,上了三樓。

國家文史館三樓是不開放給普羅大眾的,只有少數的研究人員才可以進入。因為裏面有很多東西是歷史真跡,屬於重點保護文物。

小嵐父母都是古文物專家,小嵐耳濡目染,向來喜歡研究歷史,所以萬卡給了她一個特許證,讓她可以自由出入這裏。小嵐時不時就來這裏,熟門熟路,所以很容易就能找到中國歷史文獻。

烏莎努爾的開國君王是中國人,每代的國王都擁有華人血統,所以這國家文史館裏特設了一個中國館,裏面的館藏之豐富,竟比本國差不了多少。

正如韓博士所說,歷史上有關甘羅的記載極少,對他的出生,只提到他是甘茂的孫子,連父母的名字也沒記載。

甘茂是誰呢?甘茂曾為秦國立下大功,當時的秦

惠文王對他十分倚重，還讓他做了左丞相。但是，甘茂後來遭人誣陷，逼不得已倉皇出逃去了齊國。齊王見他有才華，不但收留了甘茂，還讓他擔任了上卿。秦王輕信讒言而失去甘茂，一直十分後悔。多次派人去找甘茂，請他回秦國，不過甘茂已心灰意冷，拒絕了，他一直到去世，都沒再踏足秦國一步。

甘羅小時候很可憐，他在世界上還沒有一丁點痕跡時，爺爺就逃去了別國；他還在媽媽肚子裏時，爸爸就生病去世了；而他出生不久，媽媽也死了。一個沒了親人的小嬰兒要活下來，是多麼的艱難啊！

「嗚嗚嗚……」小嵐和曉晴曉星看到這裏，都流下了同情的淚水。

查資料查到哭，這算是絕無僅有了吧！幸好工作人員離開了，不然還以為來了三個大傻子呢！

三人抹乾眼淚，又各自找了資料看。

真想知道甘羅是怎麼長大的，又是誰把他教得這麼聰明。

曉星小心地翻着一本泛黃的古書，邊翻邊說：「如果有甘羅的畫像就好了，不知道他長什麼樣子，有沒有我那麼帥。」

小嵐聽了「嗤」了一聲。

　　曉晴説：「我知道他長什麼樣子，圓圓臉，細長眼睛，長得有點調皮，很可愛……」

　　小嵐瞟了她一眼，説道：「曉晴，你説的是電視劇裏扮演甘羅的演員吧？」

　　曉晴想了想，點頭説：「嗯，好像是。」

　　曉星邊低頭看資料，邊説：「我想真正的甘羅一長得比那位演員帥得多！啊，天啊！天啊！」

　　曉星突然大喊一聲。曉晴被他嚇了一大跳，正想打他，但眼角稍稍瞟了瞟曉星手裏的東西，不禁也大喊起來：「我的媽呀！我的媽呀！」

　　小嵐坐在他倆對面，被嚇到了，抬起頭不滿地瞪着他們。這文史館內是嚴禁喧嘩的，你們這兩人一個喊天一個叫媽，怎麼了？

　　沒想到，那兩姐弟不但沒有半點羞愧，反而一臉的詭異，兩人動作一致地，瞧一眼小嵐，又看一眼曉星手裏的資料，再瞧一眼小嵐，又看一眼曉星手裏的資料。

　　「怎麼啦？」小嵐被他們看得心裏發毛，這兩傢伙……

「小嵐，你你你你，你來看！」曉晴從曉星手裏拿過資料，遞給小嵐。

「見鬼了嗎？這麼慌幹什麼！」小嵐狐疑地接過資料。她心裏瞬間「咯噔」一下，隨即心臟彷彿停止了跳動。但很快又「撲通撲通」地猛跳了起來，跳得比任何時候都快，都急。

那是一幅畫像，一個小少年的半身像，他身穿一件古代深衣，墨黑的秀髮披散在背後，他有着一張秀氣的白皙的瓜子臉，眼睛又大又亮，形狀如杏核一般，透着睿智和機靈；嘴角微微往上翹，嘴角有兩個淺淺的酒渦。

他的神情淡靜中透着堅毅，他的眼神清純中透着自信，是一個非常漂亮出色的男孩。

但這孩子，分明是小嵐的男裝版呀！看着畫像裏的少年，小嵐好像看到了另一個自己。

三個人好不容易從極度震驚中清醒過來。曉晴說：「小嵐，我懷疑，這是有人跟你開了個大玩笑。甘羅是兩千多年前的人，而繪畫畫像的人應是見過他的人，那就是說，這畫像是兩千多年前畫的。但是，一幅用紙畫的畫像能保存兩千多年嗎？不可能呀！一

定是一個無聊人畫了這幅畫，又用什麼方法做舊了，跟那些文物專家開個玩笑。文物專家見到後，肯定感到震驚，感到不可思議，只能先放藏在這裏，慢慢研究。」

小嵐從背囊裏找出一個放大鏡，對着畫像看了好一會兒，然後說：「這畫還真有可能是很久遠的年代留下來的。」

曉晴一愣：「啊，真的？！真有能保存那麼久的紙？」

曉星也很感興趣：「小嵐姐姐，真的嗎？快說來聽聽。」

「我剛才細心看了一下，這畫像的紙叫麻紙。不知你們有沒有看過，故宮博物院收藏的《平復帖》，這《平復帖》是西晉文學家陸機的書法帖，創作時間至少在一千七百年前。而這《平復帖》就是寫在麻紙上的。」

「哇，一千七百多年前！這麼久。」曉星瞪大眼睛。

「我看看。」曉星拿過小嵐的放大鏡，湊上去瞧了瞧，說，「怪不得叫做麻紙。太粗糙了，上面有這

麼多橫橫豎豎的纖維束，甚至還能看到一些還沒搗碎的成股的麻繩頭。沒想到這種難看的紙，竟然這樣神奇，能保存這麼長時間！」

曉晴也去瞧了瞧，然後又提出疑問：「可是，甘羅是兩千兩百多年前的人，比你說的《平復帖》還早了五百年。足足兩千七百年呢，畫像有可能保存下來嗎？」

小嵐說：「現在還沒有證據證明這點。但我們可以這樣設想，甘羅畫像被保存了很多很多年，眼看快要壞掉了沒法保留下來了，於是有人照着那幅快要壞掉的畫像，畫了一幅新的，這幅新畫的畫就保留到現在。」

「嗯，小嵐姐姐的設想很合理，也許就是這原因，讓這幅甘羅像被保留到兩千多年後的今天。」曉星聽了不住地點頭。

曉晴也點頭表示有這個可能。

現在問題又回來了，那就是，這甘羅為什麼會這麼酷似小嵐呢？

曉星腦子向來轉得快，他突然一拍桌子，說：「我知道了！小嵐姐姐，蕭延子哥哥不是說過，你有

個孿生哥哥嗎？會不會這甘羅就是你哥哥。」

小嵐和曉晴頓時愣了，甘羅是小嵐哥哥，這設想有點荒唐啊！

曉晴兩眼圓睜，說：「不會吧？外星人即使基於某種原因，沒把小嵐兄妹倆一起放在江邊椅子上，但也沒理由把哥哥送到這麼久遠的年代啊，這不是存心不讓小嵐和她哥哥再有見面機會嗎？」

「不是沒可能啊！第一，可能那兩個外星人知道黑太郎很厲害，怕黑太郎發現兄妹倆還活着，會找到他們殺掉。所以把哥哥送遠點，送到黑太郎萬萬沒想到的地方，兩兄妹能保住一個算一個。第二，或者本來沒想到把哥哥送那麼遠的，但途中出了什麼事，比如遇上時光隧道什麼的，一不小心把哥哥送去秦朝了。」曉星眼睛骨碌碌地轉着，嘴裏分析着。

曉晴眨着大眼睛，一時還沒來得及消化曉星的話。小嵐呢，皺着眉，陷入了深深的沉思。

「嘿，咱們在這瞎猜什麼，直接用時光機去秦朝找到甘羅，不就什麼都清楚了嗎？」曉晴一拍桌子，說。

曉星提醒說：「姐姐，你忘了嗎？時光機又沒電

了。」

「哦，是的。我還真忘了。」曉晴這才想起來。

其實準確點說，時光機是出故障了。時光機是用太陽能充電的，以往把它擱在太陽底下一段時間，就能把電充滿，又能「再戰江湖」，穿梭時空。但是，這次不知為什麼，即使曬了很久太陽了，仍只有一絲絲電力，根本發動不了。它現在還懶洋洋地躺在天台上，不知以後還能不能用。

小嵐仰望長空，滿懷愁緒。這個話題，讓她想起了還被黑太郎囚禁在蔚藍星球的親生父母*，想起了不知流落何處的哥哥。

哥哥，你真的去了秦朝嗎？你真的是神童甘羅嗎？

---

* 想知道更多關於小嵐的身世，可看《公主傳奇 19 蔚藍星球的小公主》。

第三章

神仙送來的孩子

究竟甘羅是不是小嵐的哥哥？讓我們試着回到兩千多年前，看能不能幫小嵐解開這個謎。

讓我們把視線投向秦朝，首都咸陽。咦，去哪一年好呢？史書上有關甘羅的記載很少，連他出生於公元前二五六年都只是推算出來的，誰也不敢肯定。怎麼辦？

抓鬮吧！在六張小紙條上寫上公元前二五六年到公元前二五零年，每年一張，然後隨便抓一張。

哈，竟然抓到了公元前二五零年。好，那就讓我們一起去一趟公元前二五零年的秦朝吧！

都城咸陽，文華坊裏一座破舊的大宅。大宅外牆上凹凸不平，所抹的灰漿已經掉得七七八八，兩扇大門的油漆剝落，早已看不出原來的顏色。

大宅門口的台階上坐着一個年約五歲的小男孩……

小男孩正坐在台階上，兩手托着腮，小腦袋一點一點的在打瞌睡，長長的睫毛，在他白皙的臉上投下了濃重的陰影。突然，他小身子一歪，差點跌倒了，但這也讓他醒了過來，睜開了雙眼。

　　一個漂亮得讓人無法用詞語形容、精緻得像畫上走出來的小孩子。他小臉尖尖的，線條恰到好處；他眼睛形狀如杏核一般，眼眸亮如天上的星辰，眼裏透出靈動和機智；小小的鼻子很挺，很可愛；他的嘴角有兩個淺淺的酒渦，隨着臉上表情時隱時現。啊，不正是那張少年甘羅畫像的兒童版嗎？

　　年齡也對上了，不是推算他是公元前二百五十六年出生的嗎？那現在是公元前二百五十年，正好是五到六歲的年紀。

　　看來抓鬮決定年代是對的，看看帥哥童年是怎樣的，看着他慢慢長大，由小萌娃長成風姿翩翩美少年，也太有滿足感了！

　　不過，要提醒你們，不要光顧着看小萌娃，小帥哥，就忘了我們的初衷，我們是來替小嵐確認一件事的——甘羅到底是不是她的親哥哥。

　　下面，就我們一步步走進甘羅的生活吧！

小萌娃雖然穿着一身脫了色的舊衣服，還打了幾個顯眼的補丁，但仍掩不住他耀眼的光芒，高貴、漂亮，彷彿掉落人間的小仙童。

　　此刻，他撅着小嘴，嘟嘟噥噥地説：「唉，怎麼姨母還不回來呢，肚子好餓啊！」

　　放學回家，沒想到姨母還沒回來，而他又沒有帶鑰匙，只好坐在門口等了。不時摸摸肚子，早上吃的那點東西，一點也不抵餓，上第二堂課時他就開始覺得餓了，一放學趕緊跑回家，但姨母卻出去了。

　　早上出門上學時，姨母説過上午會拿她織的布去市集換錢，換了錢就給他買肉吃。

　　小男孩嚥了一口唾沫。飯桌上已經一個星期不見肉了，自己都快把肉的滋味忘記了。不過，記憶中肉的味道很香很香。

　　一個伯伯走過來了，笑着摸摸甘羅的頭：「羅娃子，你怎麼就這樣乖呢？要是我孫子像你這樣乖就好了。」

　　甘羅仰起小臉看着伯伯，露出一個很乖的笑容：「謝謝伯伯誇獎！」

　　一會兒走來了一個年輕嬸嬸，她笑着摸摸甘羅的

頭，説：「羅小郎，你怎麼長得這麼好看呢！如果我家小崽子有你一點點漂亮就好了！」

甘羅仰起小臉看着嬸嬸，露出一個很漂亮的笑容：「謝謝嬸嬸誇獎！」

一會兒蹦蹦跳跳來了一個小姐姐，她笑着摸摸甘羅的頭，説：「羅小弟，你怎麼長得這麼可愛呢！如果我家的臭弟弟有你一點點可愛就好了！」

甘羅仰起小臉看着小姐姐，露出一個很可愛的笑容：「謝謝小姐姐誇獎！」

又過了一會兒，一個叔叔走來了，笑着摸摸甘羅的頭，説⋯⋯

又過了一會兒，一個哥哥走來了，笑着摸摸甘羅的頭，説⋯⋯

被第三十六個街坊鄰里摸過腦袋之後，甘羅開始擔心了：再這樣摸下去，自己會不會被摸禿頂了，被摸傻了。

姨母，您快回來吧！

好像聽到甘羅的心聲，不遠處出現一個年輕女子，她挽着一個竹籃子，正急急地往這邊走來。

「姨母，您回來了！我好想您啊，您有沒有想羅

兒？」甘羅撲了上去。

姨母笑着摸摸甘羅的頭，說，「當然有想你啊！你看，我把布賣了錢，就急急忙忙地買了東西回來，就是怕把羅兒餓壞了。」

「姨母，你快給我看看腦袋，會不會沒有頭髮了。」甘羅一臉擔憂的指指頭頂。

「啊，怎麼了？怎麼會沒有頭髮了？不是受傷了吧？」姨母着急地放下手裏的東西，就去看甘羅的腦袋，「沒事啊，還是那麼濃密的頭髮，又黑又亮的。」

「吁——」甘羅這才鬆了一口氣。

他想想又說：「姨母我背《詩經》給您聽，你看看有沒有背錯。呦呦鹿鳴，食野之苹。我有嘉賓，鼓瑟吹笙。吹笙鼓簧，承筐是將。人之好我，示我周行。呦呦鹿鳴，食野之蒿……」

姨母有點奇怪地看着他，說：「沒有錯啊！怎麼啦？」

甘羅沒有回答她，只是嘻嘻地笑着，歡喜地自言自語：「還好，沒有掉頭髮，也沒傻。」

他突然想起肚子餓的事了，摸摸肚子說：「姨

母，好餓。」

「你先和大豬玩玩，我馬上做午膳。今天買了肉，我烤得香香的給你吃。」姨母一臉的慈愛。

「噢噢，太好了！」小男孩歡呼起來，又說，「姨母和甘羅一塊吃。」

「好，好。咱們一塊吃。」姨母笑着走進了大宅。

小男孩跳着笑着跟了進去。

甘羅很愛他的姨母，姨母從嬰兒時就開始照顧他了，在甘羅的眼裏，姨母是世界上最親的人。

甘羅從沒見過自己的家人。噢，他應該見過自己母親的，但卻一點記憶也沒有了。

甘羅是從姨母嘴裏知道自己身世的。嫲嫲很早就去世了，爺爺叫甘茂，是秦惠王時期的左丞相，後來被人陷害，一個人逃離了秦國，生死不知。

甘羅的父母親相依為命，但不幸的是，甘羅還在母親肚子裏，父親就得病死了。母親悲痛欲絕，身體越來越差，在生下甘羅之後，也去世了。

姨母是甘羅母親的妹妹，她不停趕路，從遙遠的鄉下趕來咸陽時，姊姊已經快不行了。姊姊死後，她

就留了下來照顧才一個月大的甘羅，一直到現在。

甘家原來是世家大戶，自從甘茂出事後就開始家道衰落，而到了今天，就可以用「家徒四壁」來形容了，只能靠姨母每天織布拿去賣，維持生計。

可以說，沒有姨母就沒有甘羅，所以在甘羅心目中，姨母是比母親還要親的人。

「大豬！」甘羅站在院子裏，大喊一聲。

「汪！汪！汪！」

咦？看到這裏，誰都會腦袋上冒出幾個問號，豬怎麼會「汪汪汪」？作家阿姨，你怎麼弄錯擬聲詞了，大豬的叫聲不應該是「哼哼哼」的嗎？

哦，對不起，忘了交代一句，「大豬」是一隻狗。

啊，把一隻狗叫做大豬？是這樣的。因為這隻狗嘛，非常貪吃，每頓飯都把肚子撐得圓滾滾的，甘羅說牠簡直像隻豬，所以就這樣命名了。不過人家大豬一點不介意，還很高興呢！看，甘羅喊一聲「大豬」，牠就答應得那麼爽快，還馬上跑到甘羅跟前，兩眼炯炯有神地看着小主人，小尾巴一甩一甩的，很開心呢！

「大豬，有沒有想我？」

「汪汪汪汪！」

牠在說「有啊有啊」呢！

「可是我沒想你啊！」甘羅呲着小虎牙，笑嘻嘻地說。

「嗚——」大豬哀叫一聲，躺在地上裝死。小主人真壞，小主人我不理你了。

「好啦好啦，我騙你的。我有想你呢！」

大豬呼地迅速爬起來了。牠前爪扒着甘羅的臂膀，用舌頭去舔甘羅的小臉。

「嘻嘻嘻，癢死我了！」甘羅嘻嘻笑着撥開大豬的狗臉。

大豬又用前爪抱着他，撒嬌賣萌。

一人一豬，噢，不，是一人一狗，玩得開心極了。

很快，姨母喊聲傳來：「羅兒，快來用膳。」

「來了！」甘羅馬上跑回屋裏，大豬緊緊追隨。

「哇，今天的膳食好豐富啊！」甘羅見到飯案上擺了兩碗麥飯，一碟韭菜，還有一碟烤肉串。

甘羅湊近肉串，使勁地了嗅了嗅，陶醉地說：

「真香，我們有好多天沒吃過肉了吧。」

他掰着小手指，數了數：「五天了。五天沒吃過肉了。」

他又數了數肉串的數量，說：「四串肉。剛好我跟姨母一人兩串。」

「你一個人嘀嘀咕咕在說些什麼？」姨母端着一碗湯走來，放在案上，然後跪坐到墊子上。

「嘻嘻，我在數有幾天沒吃肉了。」

「可憐的孩子。」姨母紅了眼圈，含着淚水說，「姨母沒用，沒本事掙到更多錢給你買肉吃。」

「不。姨母你別這樣說，你這樣甘羅會難過的。姨母最厲害最有本事了。」甘羅又掰着小手指，「第一，姨母會織漂亮的布，布店的老闆都喜歡收購姨母的布；第二，姨母五天就能讓我吃一次肉，我同學四喜家十天才吃一次呢！第三，姨母把甘羅養得又聰明又漂亮，鄰居都說我是文華坊裏最漂亮的小郎君。」

「不害臊！哪有這樣讚自己的！」姨母開始聽他說第一第二時，還一臉感動，聽到第三點時不禁笑噴了，這小屁孩太自戀了。

她不禁伸手輕輕拍了那傢伙的小腦袋一下。

甘羅摸着腦袋，埋怨說：「姨母，您怎可以打我腦袋呢！我這麼聰明，被你打傻了怎麼辦！」

「你、你、你……」姨母用手指朝甘羅點着，終於忍不住大笑起來，笑得捂着肚子，笑得彎了腰。甘羅也呲着小虎牙得意地笑着。

姨母其實才二十來歲，還是一位年輕姑娘，只是因為日夜辛勞，織布賣錢養家，所以臉上已經有了淡淡的皺紋。她平日也不苟言笑，只有對着甘羅的時候，她才有這麼開心大笑的時候。甘羅年紀小小，但也懂得心痛姨母，所以才常常故意撒嬌賣萌，逗姨母開心。

「好了別逗姨母了，快用膳吧！」姨母說完，就把碟子裏的肉串夾到甘羅碗裏，一連夾了三串。

甘羅忙把其中一串肉串夾到姨母碗裏，說：「一人兩串。姨母你真笨，怎麼不會數數呢！兩個人分四串肉，一人兩串嘛。」

姨母瞪了他一眼，又把一串肉夾起，要放回甘羅碗裏：「姨母牙齒不好咬不動肉，甘羅幫幫姨母忙，替姨母吃一串。」

甘羅趕緊捂住自己的碗，不許姨母放肉串，他嘟

着嘴説：「姨母，您用這藉口騙了我好多年了。每當家裏有肉吃的時候，您就告訴我牙齒不好，把肉全給我，或者自己只吃一點點。姨母您的牙齒一點沒事，連骨頭也能嚼爛。你別以為我不記得小時候的事。有一次我得了重病，病好後很瘦很瘦，您幾天幾夜沒睡覺，織了布換了錢，買了一隻雞回來給我吃。你用肉熬湯給我喝，把肉剁得爛爛的給我吃，自己躲在廚房裏嚼雞骨頭，咬得『咔嚓咔嚓』的。甘羅現在已經長大了，不會再上當了，你分明是自己捨不得吃肉，想留給我。」

甘羅説着，眼裏充滿了淚水。

「羅兒……」姨母哽咽地喊了一聲。

她一個姑娘帶着個小孩子，在這戰火紛飛的亂世中生活，那種艱辛是難以對人説的。所以她只能盡量讓羅兒吃飽、吃好，而她自己能填飽肚子，不致於餓死就行了。

羅兒是姊姊留下的唯一的孩子，她無論如何都要把他撫養長大。

姨母伸出手，給羅兒擦了擦臉蛋上的眼淚，説：「傻孩子，聽話，小孩子要多吃點有肉，才能長高

高，成為大孩子。」

她堅持要把那串肉放進甘羅碗裏，甘羅固執地搖着頭説：「姨母吃，姨母也要長高高。」

姨母無奈地把肉串放到自己碗裏，説：「好吧！姨母吃，你也快吃吧，冷了不好吃了。」

「嗯。」甘羅這才笑着點了點頭，把肉串放進嘴裏，吃得津津有味的。

姨母邊吃心裏邊想着，以後自己要找個藉口先吃飯，讓羅兒獨自吃。這孩子越來越不好哄了。

她突然想到什麼，不禁愣了。羅兒生病那次，他當時好像還不到一歲啊，連路都不會走，他怎麼會把那時候的事記得那麼清楚？還知道自己在廚房啃骨頭！

她有點激動地盯着面前吃得正歡的孩子。天哪，難道自己真的養出了一個神童！她不禁又想起了五年前那一幕——

當她千里迢迢從老家趕來時，僅僅來得及見姊姊最後一面。姊姊當時已快不行了，只跟她斷斷續續地説了幾句話：「……羅兒……神仙賜的……孩子，好好……待……他……」姊姊説完，就斷了氣。

她當時悲痛欲絕，也沒有細心去想姊姊這句話，每個母親都會認為自己孩子是上天恩賜的，這能理解。但這時想想，莫非姊姊的話另有含義？

　　不過，她很快又否定了。她從老家趕來，就是接到姊姊的信，請她來幫手照顧懷孕的姊姊，只是因為到處都在打仗，她路上被耽擱了許多時間，才在姊姊生了孩子後才到達。

　　這孩子分明就是姊姊生的，不是什麼神仙送給姊姊的。應是姊姊當時已是彌留狀態，腦子不清醒才這樣說的。

　　不過話又說回來，這孩子也真是神仙一般的小娃娃，漂亮得粉雕玉琢似的，又非常聰明。唉，要是姊姊還在，該多麼開心啊！

　　姨母想着，悄悄地抹去了眼角的一顆淚珠。

第四章

狗狗掉茅廁裏了

早上，甘羅吃完飯，就跟姨母揮手告別，挽着一個裝着書的小包袱，上學去了。

小包袱裏的書卷發出「啪啦啪啦」的聲響。大家也許很奇怪，書怎麼會發出「啪啦啪啦」的響聲？那是因為秦朝時書本都是用竹或木做成的。竹簡的做法是把竹子削成狹長的竹片，每片寫上一行字，寫好後，把竹片鑽上小孔，穿上繩子，按順序串在一起，便成為可閱讀的書卷。

由二十五根竹箋組成的一卷竹簡，每卷竹簡標準字數是六百二十五個字。大家想想，由二十五根竹片做成的書卷只能寫六百多字，那一本書該用多少竹片才能寫完啊！可想而之，古時候的小朋友，上學時帶的書本該有多重。

本來有錢人家一般都有書僮，由書僮給提着裝竹簡的書篋，但甘羅家窮請不起書僮，只能自己拿了。

甘羅就讀的初級班正在學《論語》。《論語》全書接近一萬六千字，如果把全書帶着，那甘羅就得天天推着一輛裝滿書的車子上學了。所以他平時只拿了正在學的部分，但是即使這樣，也讓才五歲的他覺得頗有點沉重。

「老大！」兩個十歲上下、站在一棵歪脖子樹下的孩童開心地朝甘羅招手。

「小豹！四喜！」甘羅蹦了一下，回應着。

小豹跑了過來，接過甘羅手上的包袱，替他拿着。甘羅也不跟他客氣，看來這已經是習慣動作，小豹每天都會幫他拿包袱。

其實小豹手裏已經提了一個木造的書箱，不過他比甘羅年長了幾歲，人又長得壯實，所以即使兩手都拿着東西，也蹬蹬蹬地走得很快。

「老大，快給我們講猴子的故事。昨天講到唐僧四師徒去西天，路上被火焰山所阻，他們能過去不？」四喜心急地對甘羅說。

四喜跟小豹差不多大，也年長了甘羅幾歲，不過瘦瘦的，沒小豹壯實。

他們都比甘羅大，但都心甘情願地把甘羅當作老

大。人家聰明嘛，讀書又好，還會講好聽的故事，當老大是理所當然的。

「……孫悟空問了附近一位老人，知道鐵扇公主手裏有一把芭蕉扇，可以把火焰山的火撲滅……」灑滿陽光的路上，響起了甘羅清脆的聲音。

去學室的路不遠，很快便到了，小豹和四喜都有點意猶未盡，心想為什麼這路那麼短，要是長到十萬八千里就好了，他們就可以聽到很長很長的故事了。

他們讀書的學室叫培英學室，進了大門便是一個很大很大的院子，學生們三五成羣的，有的在玩鬧，有的在聊天，有的在拿着書簡討論學問。

幾個七八歲的孩子在抽陀螺玩，見到三人進來，其中有人喊了一聲：「甘羅，小豹，四喜，快來玩陀螺！」

「來囉！」甘羅跑得最快，跑過去便接了一個孩子手中的鞭子，把地上的陀螺抽得飛轉着。

附近一堆衣着光鮮的學生在談天說地，顯然是嫌玩陀螺的孩子熱鬧了點，都帶着嫌棄的眼光看了過去，中間有個小胖子用鼻子哼了哼，說：「一窩窮鬼！真不明白，大王竟然開恩讓他們來這兒讀書。」

這時，上課的鐘聲響起了：「噹、噹、噹……」

「上堂了！」學童們叫喊着，像一羣小鴨子般「踢踢踏踏」跑進了課室。

秦國的學校都是官府辦的，教書先生也由官員擔任，所以稱為官學，但一般人都稱作學室。學室不是任何人都可以入讀的，學生要出自官吏家庭。甘羅雖然也是官吏家庭，但祖父甘茂逃去別國了，本來沒資格入學的。但秦王後來知道甘茂是被冤枉的，心裏有點內疚，所以特許他的後代入學室讀書。

甘羅上的是初級班，專收十二歲以下兒童。他進了課室，找到自己的座位坐好，這時就有一位年約五十上下的先生走了進來。

他是子伯先生，是官府裏的文職人員，被派來這裏教書。子伯先生教書很認真，對弟子很嚴厲，還喜歡用一根竹條打人手掌。上課不留心，打；答錯問題，打；不交功課，打……大家都很怕他。

見到先生進來，大家都站起來，朝子伯先生喊道：「先生好！」

子伯先生走到最前面，説：「請坐。」然後在自己的案桌前坐下。

「昨天你們背了《論語》第一篇，相信大家都背熟了吧？下面開始輪流背誦，我讓停才能停。」

屋子裏頓時鴉雀無聲，每個人都盡量降低自己的存在感，別讓先生看見，別讓先生第一個叫到名字。

子伯先生用竹條指了指坐在最後排最後一個位子的小胖子，說：「利田，你先來。背《論語》第一篇，我讓你停你才能停。」

「諾。」利田答應着站了起來，他看上去信心滿滿的，臉朝上仰着，像隻驕傲的小公雞。他流利地背道，「子曰：『學而時習之，不亦說乎？有朋自遠方來，不亦樂乎？人不知而不慍，不亦君子乎？』……」

「好，停。昨晚回家有背書。」先生滿意地點點頭，讓利田坐下，又朝後排看去。

後排的學生都努力地往下縮着，恨不能縮成地上一粒灰塵，小到先生看不到的那種。

「就按座位順序吧！下一個，左樹，接着背第二段。」先生指了指坐利田旁邊的學生。

名叫左樹的男孩臉色蒼白，猶猶豫豫地站了起來，他嚥了一下口水，結結巴巴地背道：「有子曰：

『其為……人也孝弟，而好……而好……而好犯上者……不好……不好……』」

左樹再也背不下去了，漲紅着臉低下頭。

先生走過去，喝道：「伸手！」

左樹戰戰兢兢地伸手，先生朝他手心打了三下，左樹嘴一扁，小聲哭了。

先生怒道：「不許哭！昨天下學幹什麼去了？明明吩咐了你們要好好背書的。」

左樹把抽泣吞回肚子裏，可憐地坐下了。

學生們一接一個地背下去，有的人只需背一段先生就叫停了，也有個別人不走運背了兩段，《論語》第一篇《學而篇》只有十六章，而學生不止十六個，所以已經又再從頭背起了。

陸續有學生或被讚，或被打，或被訓斥，半個時辰後，只剩下一個學生沒輪到了，那是坐在最前面的、全班年齡最小、個子最矮的學生。

「甘羅！」這時先生喊了這學生的大名。

「諾。」甘羅站了起來。

子伯先生已經聽了滿腦袋的《論語》，流利的、結結巴巴的、正確的、亂背一通的，這時已是有點頭

42

昏腦脹了，他踉踉蹌蹌地走回自己座位，一屁股坐了下去，昏昏沉沉地指着甘羅說：「接着背，我讓你停你才能停。」

「諾！」甘羅開始背了，因為他前面的學生剛好背完一輪，他便又返回背第一段，「子曰：『學而時習之，不亦說乎？有朋自遠方來，不亦樂乎？人不知而不慍，不亦君子乎？』」

背到這裏，包括甘羅在內，課堂上所有人都看着子伯先生，可以發現每個人的嘴形都在喊：「停！」

可是沒想到，子伯先生沒吭聲，他定定地看着甘羅，臉上沒有一點表情。甘羅雖然乖巧聰明，但人有失手，他也曾被打過小手板，知道那種滋味。見先生沒讓他停，愣了愣，便也乖乖地繼續背下去了：「有子曰：『其為人也孝弟，而好犯上者，鮮矣』……」

學生中有人暗暗替甘羅喊冤，怎麼先生對他獨獨這麼嚴厲，別人都只背一小段，甘羅卻要繼續背下去。而也有人在幸災樂禍，就像那個小胖子利田。他本來是這個班裏成績最好的，受先生讚揚最多的，也是學生中最受崇拜的，但自從甘羅來了以後，卻把他的風頭給搶了不少。

利田心想，一定是先生不喜歡甘羅了，故意要他背多點，背到他不會為止，然後打手板。呵呵呵，利田都在心裏發笑了。

「……不好犯上，而好作亂者，未之有也。君子務本，本立而道生。孝弟也者，其為仁之本與！」甘羅又背了《論語》第二段，然後看着先生。沒想到，先生仍是那個表情，不出聲叫停，只是定定地看着他。

甘羅心裏有點發忧，先生這是什麼表情？

接着背嗎？背就背，反正自己早把第一篇全背熟了。

於是，甘羅也不再看先生了，閉着眼睛只管背：「子曰：『巧言令色，鮮矣仁！』曾子曰：『吾日三省吾身——為人謀而不忠乎？與朋友交而不信乎？傳不習乎？』……」

聽着甘羅稚嫩清脆的童音，課堂裏很多人都挺佩服的，捫心自問，他們都不能背得這樣順暢呢！

只有小胖子利田心裏很不爽，我也可以啊！先生為什麼不給自己表演的機會呢！

甘羅搖頭晃腦地，把《論語》第一篇全部背完

了，本以為先生總會吭一聲了吧，沒想到，沒有。子伯先生還那個樣子，兩眼瞪着他，臉上沒表情。

總不會讓自己把第二篇也背了吧？

咦，不對，有問題！甘羅扭頭看了看小伙伴們，見到一雙雙帶着疑問的眼睛，都愣愣地瞧着先生，恐怕他們也看出先生有些不對勁。

甘羅又定睛看了看先生，然後飛快地朝他吐了吐舌頭。朝先生吐舌頭，這可是大不敬啊！甘羅這是找打啊！

咦？預期中的雷霆之怒沒有出現，甘羅大概知道發生什麼事了。為了保險起見，他又再朝先生吐了兩下舌頭。哈，先生仍然沒有表示。

甘羅呲着小虎牙笑得狡猾狡猾的，他在地上撿了一片小樹葉，離開自己的小案桌，走到先生跟前。課堂裏的同學都震驚地看着他，甘羅想幹什麼。

暴風雨，暴風雨就要來啦！

沒想到，先生的雷霆大怒沒有出現，還是冷靜如斯，一動不動。大家才恍然大悟，先生應是睡着了。而這時甘羅已經走到先生身邊，用小樹葉往先生鼻子裏一撓。

「乞嗤！」只聽得驚天動地的一個大噴嚏從先生嘴裏發出。先生打了個顫，有點矇地看了看弟子們，好像意識到之前發生了什麼。自己最近有點失眠，幾天都睡不好，沒想到讓學生的背書聲給催眠了。

做先生的在課堂上睡着了，還當眾打了個大噴嚏，那很失禮，很沒面子啊！子伯先生有點惱羞成

怒，他用竹子敲了一下案桌，説：「下面，背《論語》第二篇：《為政篇》。甘羅先背……」

啊！先生是還沒睡醒嗎？《論語》第二篇之前沒布置他們背啊！課堂裏發出「嗡嗡嗡」的議論聲。

「甘羅，怎麼不背？」先生虎視眈眈地盯着甘羅。他已經隱隱猜到，剛才那個大噴嚏是誰作弄了。他手裏的竹條已經在蠢蠢欲動了。

甘羅心裏小小地歎了口氣，《論語》第二篇他也沒背呢！得自救了。

「先生，下課時間已經到了，可以讓我們休息一會兒嗎？」甘羅小手合十，乖巧地請求着。

甘羅想給自己，還有給同窗們爭取一點時間，看看事情有沒有轉圜的餘地。

同學們都感動極了，甘羅你太好了，你説出了我們所有人的心聲啊！大家都向子伯先生投去了期待的小眼神。

「也不是不行。如果你能做到一件事，我就讓你們出去玩，而且也不會要求你們今天就背《論語》第二篇。」子伯先生盯着甘羅。

「哇，太好了！」

「甘羅，靠你了！」

「甘羅，你一定行！」

幾十個同學一起發出驚喜的聲音。

甘羅當然義不容辭了：「先生，你要我做什麼事，請說。」

坐在案桌前的子伯先生摸了摸鬍子，說：「我要你想辦法讓我走出課室，能做到嗎？」

子伯先生早就盤算好了：腳長在我身上，只要我不出去，你這事就辦不成。他朝甘羅笑瞇瞇的，心裏想，小娃娃，不管你怎麼聰明，也逃不出我的五指山。

甘羅眼睛骨碌碌地轉了轉，問道：「用什麼辦法都行嗎？」

子伯先生不加思索地答道：「都行！」

甘羅眼珠子骨碌碌轉了幾下，突然捂着肚子，說：「人有三急，我想上一趟茅廁。」

先生心想，哼，狡猾的小鬼。分明是沒辦法做到，想拖延時間，想也別想！他笑瞇瞇地說：「那你快去快回，大家能不能下課，就看你了。」

甘羅脆生生地應道：「好啊！」

「甘羅，快回來啊，我們等着你。」

「甘羅，我們靠你了！」

甘羅到外面轉了轉，然後做出氣急敗壞的樣子，急急地跑回課室：「先生先生，不好啦，您的狗狗掉茅廁裏啦！」

「啊，天啦！」子伯生砰地一下跳了起來。

子伯先生養了一隻小黃狗，把牠寵得像兒子一樣。

「我的小黃啊！」子伯先生喊着，風一樣的跑出了課室。

學生們都愣住了。一會兒，部分人跟着跑了出去，部分人圍到甘羅身邊，問道：「甘羅，先生的狗狗真的掉進茅廁了嗎？」

「沒有啊，牠正趴在屋頂上曬太陽呢！」

「啊，那你為什麼説……」

甘羅得意洋洋地晃着頭，説：「這就是我讓先生走出課室的辦法呀！」

「啊？！」大家目瞪口呆。

幾秒鐘後，屋子裏爆發出一陣驚天動地的聲音：「哈哈哈哈……」

50

第五章
背不出書就學狗叫

第二天，甘羅又活蹦亂跳地走在去學室的路上，小豹和四喜仍在老地方等他。

一見到甘羅，小豹就嚷道：「老大，手還痛嗎？」

昨天，子伯先生忍受着臭臭味，正拿着一根竹竿在茅坑裏捅呀捅呀，拯救他的狗狗。正折騰着，忽然聽到茅廁外面有狗在吠，聲音像極了他的小黃。他愣了愣，扔了竹竿，狐疑地跑出了茅廁看個究竟，卻真的看到小黃活蹦亂跳地玩着抓蝴蝶遊戲。

「小黃啊，你擔心死我了！」子伯先生向愛狗撲了過去。

沒想到，一向喜歡黏着他的小黃卻往後退了幾步，一臉嫌棄地瞅着他。主人好臭！

子伯先生抬起手，用鼻子嗅了嗅，馬上被那強烈的臭味熏得打了一個大噴嚏，急忙轉身跑去洗刷了。

等到洗刷完畢，又換了乾淨衣服，子伯先生已意識到是被甘羅騙了，馬上怒氣沖沖回到課室，朝甘羅大喊一聲：「逆徒！」

然後，他拿出小竹條，就要打手板。

偏偏甘羅不服呀，他把小手往身後一藏，說：「先生，我問過您，是不是用任何方法都行，您說是的呀！怎麼現在又不認賬了？」

子伯先生想想，咦，自己好像真的說過。不過他想想自己用竹竿去攪茅坑，弄得一身臭的事，心裏又氣得厲害，還是找了一個別的理由，把那逆徒打了小手板。

不過，子伯先生也守了一部分承諾，沒再讓弟子們背《論語》第二篇，只是吩咐大家放學回家好好背誦，他明天會在課堂上抽查。

甘羅自己被打了小手板，卻免了同窗被打。大家都挺感激他的。

「不痛了！」甘羅攤開手掌心，果然是白白嫩嫩的，沒有一點被打過的痕跡。

小豹和四喜一齊瞅着甘羅手掌心，小豹說：「老大，肯定是先生疼你，沒有使勁打。我之前被打過，

腫了兩天才好呢！」

一旁四喜也說：「嗯嗯嗯，我也是。」

甘羅得意地說：「先生疼我，那是一定的。我是聰明又可愛的小郎君呀！」

「嗯嗯嗯！」小豹和四喜都點着頭，的確是這樣。

三個孩子蹦蹦跳跳地朝學室走去了。

到了學室，離上堂還有些時間，學生們跟住常一樣，三五成羣，在大院子裏玩兒的玩兒，聊天的聊天。

「嗚嗚嗚……」突然聽到有人在哭。

又聽到有人在罵：「我這衣裳是新的，值五千錢呢！今天才第一次穿，就被你弄髒了，你賠你賠。」

「嗚嗚嗚，對不起！我不是故意的。可我賠不起，不如我把髒衣服帶回家，讓我娘給你洗乾淨吧！」

「哼！我才不穿你窮鬼娘親碰過的衣服呢！我就是要你賠，不賠你就別想再來上學。

「是呀是呀！把人家的新衣服弄成這樣，快賠錢吧！」

「賠錢，賠錢！」

甘羅一看，原來是利田跟他的一幫朋友，在七嘴八舌地圍攻那個膽小的男孩左樹。

甘羅人雖小，但最愛打抱不平了，他向那羣人跑了過去，邊跑邊喊：「不許欺負人！」

小豹和四喜也跟着過去了。

左樹蹲在地上，縮成小小的一團，十分可憐。甘羅走到他面前，想把他拉起來，但人小力弱拉不動，還是小豹過來，一把將他拉起來了。

「左樹，發生什麼事了？」甘羅問道。

左樹抽泣着説了事情經過。原來剛才左樹在玩蹴鞠，不小心把球踢到利田身上了，利田抓住他不放，硬要他賠衣服。還説如果沒錢賠的話，就賣身抵債，去他家做奴僕。

甘羅抬頭看了看利田，見他穿着一身深綠色的衣服，但是衣服上沒發現有髒東西呀！

見到甘羅看他，利田「哼」了一聲，用手指指自己衣服下擺。甘羅看向他指的地方，很仔細地看了看，才發現那裏沾上了一丁點泥土。泥土並不顯眼，拂而用手拍一下，就能拍掉。

甘羅知道，説弄他的衣服只不過是利田的藉口，只不過是想欺負家裏窮的同窗。

　　學室裏的學生雖然都是官員子弟，但情況卻大不相同。有些人家裏有人當大官，有財有勢；有的人家裏只是當個小官，每月薪酬不多，僅僅可以溫飽；有的家裏只是曾經做過官，或因年老退休，或是因為什麼事被免職，家裏是無權又無錢，屬貧窮人家。所以，學生之間也是以家中長輩官職大小，分成兩派的，「大官幫」的學生經常欺負「小官幫」的學生，為此學室先生們也很是頭痛，不過也無法改變。

　　利田和左樹是班裏的兩個極端。利田祖父是朝中太僕，有權有勢。而左樹家裏情況幾乎是全學室最差的。他父親曾當過小官，但幾年前因病離職了，一直在家卧牀不起，家裏全靠母親一人撐着，掙錢養活一家，及給父親治病。五千錢，他把家裏的東西全賣了，也沒有這麼多錢啊！

　　左樹常常吃不飽，所以小胳膊小腿的，很瘦。加上他膽子又小，是「大官幫」學童常常欺負的對象。

　　甘羅對這種仗勢欺人的現象十分氣憤，面對比他高了幾個頭的利田，他一點也不怕。他對利田説：

「你的衣服只是沾上了那麼一點點泥土，拍拍就沒事了，犯得着要人家陪嗎？你明知道左樹賠不起，你是故意為難他吧！」

利田的祖父官大勢大，他自己又有點小聰明，學習成績一向不錯，所以他有恃無恐，一向鼻孔朝天，趾高氣揚，喜歡欺負同窗。

自從今年甘羅插班來讀書後，他就看甘羅不順眼。一個罪臣的孫子罷了，僥倖來到學室讀書，仗着聰明了那麼一點點，就自以為了不起。他早就想找機會收拾甘羅一頓了。

這時見到甘羅為左樹出頭，便想了個鬼主意，說：「甘羅，你想我放過左樹，可以。不過，我有個條件。」

甘羅問：「什麼條件，你説。」

利田説：「你必須在五天之內把《論語》第一到十篇全部背出來。」

「啊！」現場一片驚呼聲。

五天背完《論語》一到十篇？！先生才教了兩篇《論語》，其他的還沒教，很多內容都不理解，在這種情況下，該多難啊！

之前先生布置一天背一篇，大家都覺得挺難的，起碼有三分之一人沒背好。

利田很滿意這樣的反應，又挑釁地説道：「怎麼，不敢接受？你不是很想幫左樹嗎？現在是考驗你是不是真心幫他的時候了。你不是很聰明嗎？如果連這也沒法完成，今後你改名叫『頭號大笨蛋』好了。」

利田太狠毒了。他這麼説，分明是為難甘羅，分明是想敗壞甘羅的名聲啊！

左樹哭着對甘羅説：「甘羅，你別管我，我去他家做奴僕好了。」

甘羅皺着小眉頭，看看一臉驕橫的小霸王利田，又看看在小聲抽泣的左樹，捏了捏小拳頭，對利田説：「好，我接受你的條件。」

「老大，不可以！」

「甘羅，不能答應！」

跟甘羅要好的小伙伴都急了，齊聲叫了起來。

利田卻生怕甘羅反悔，馬上説：「好，甘羅，咱們就一言為定！五天之後，早上這個時候，我們就在這裏聽你背書。如果你能做到的話，我就放過左樹，

不用他賠錢。」

甘羅一臉的淡定回應：「好。」

利田鼻子哼了哼，朝身邊那幫人招了招手，說：「我們走。」

走了兩步，他又回過頭，看着甘羅，歪着咀笑了笑，說：「哦，補充一點，要是你做不到的話，除了左樹得賠我錢，你還要朝我磕十個頭認錯，然後學十聲狗叫。說好了啊！」

他又指着旁邊一班豬朋狗友說：「你們給作證啊，這是甘羅答應了的。」

那些人七嘴八舌說「是」，一幫人哈哈大笑着走了。

同窗們都驚呆了，有這樣刁難人的嗎？

「利田，你站住！」小豹氣憤極了，他想追上去拉住利田，讓他收回這句話。

磕頭認錯，學狗叫，這對一個有文化的小郎君來說，是極大的侮辱了。

「小豹，別追。」甘羅阻止着。

那邊利田怕甘羅反悔，早就跑得不見影兒了。

「利田好狠毒！老大，你不該答應他條件。」

「是呀！利田挖好了坑等你跳下去呢！」

「我們去告訴子伯先生。」

大家都圍了上來，焦急地看着甘羅。

甘羅皺着小眉頭，他也沒想到利田竟然這樣無賴，在他答應後又了什麼磕頭學狗叫。

小豹說：「老大，不要怕。如果利田真的要你磕頭學狗叫，我就豁出去，揍那小霸王。」

小豹的父親是利田祖父的下屬，如果他揍了利田，可想而知會有怎樣的下場。但大家都知道小豹這話並非說說而已，他是個說到做到的人。

左樹擦乾眼淚，說：「甘羅，到時，我替你磕頭，替你學狗叫，我不能讓你難堪的。」

甘羅一手拉着小豹，一手拉着左樹，他看着一班替他着急的同窗，心裏很感動。心想，你利田想刁難我，我就偏不讓你得逞，我就要煞煞你的威風，給窮學生們爭口氣。他笑嘻嘻地安慰小伙伴們：「嘿，你們別擔心。我是個聰明的小郎君呀，放心吧，我能在五天內把書背下來的。」

大家都知道，甘羅是很聰明，但這次再聰明的人，五天之內把《論語》第一到十篇全部背出來也很

難做到啊！不過，事情已經改變不了，大家只好給甘羅鼓勁打氣，希望他能做到。

　　同時，大家心裏都在盤算，如果甘羅到時背不出來，他們就站出來，跟利田那幫人對抗，保護甘羅，絕不讓甘羅受到傷害。

第六章

在河邊跑步的小男孩

這天是放假日，不用去學室。甘羅一早起牀，到外面小河邊跑步，鍛煉身體。

每個假日甘羅都會去跑步，儘管在那時並沒有跑步鍛煉這個概念，但甘羅腦海裏總好像有個鼓勵的聲音告訴他，跑步能讓人身體強壯，能讓人長高高，所以甘羅就這樣做了。

不過即使他這種行為很奇特，也沒有人覺得怪異，大家都以為是一個可愛小郎君在跑跑跳跳玩耍罷。

今天，甘羅沿着河邊跑了一圈，大汗淋漓，便到河邊洗了把臉，然後走到一棵大樹前，小手往樹洞裏一掏，把裏面的一卷竹簡拿了出來。

大樹下是綠茵茵的草地，甘羅靠着大樹坐了下來，捧着書，用清脆悦耳的童音唸了起來：「子曰：『里仁為美。擇不處仁，焉得知？』子曰：『不仁

者，不可以久處約，不可以長處樂』……」

甘羅沒留意到，離他四五米遠的一塊大石頭上，坐了一個人，那人四十歲上下，穿着文人的服飾，正在自己和自己下着圍棋。

聽到讀書聲，那人朝甘羅看了一眼，見到是個五六歲的漂亮小男孩，捧着一卷書在搖頭晃腦地唸着。聽得出來，他唸的是《論語》。

那人心裏有點驚奇。這樣年紀的孩子，竟然有這樣的自覺性，在沒有家長督促的情況下自覺地學習。

他滿有興趣地看着小男孩，只聽到他把其中一段唸了兩遍，然後就閉起眼睛背誦。

一開始背得不是很順暢，中途還卡住了，背不下去。

小男孩又再看書，然後再背，這次反覆多次，居然就背下來了。

就這樣，那人也沒再下棋，蠻有興趣地看着小男孩，看着他晃着可愛的小腦袋背書。

真是個勤奮的小孩，記憶力也很好。那人心裏讚歎着。當聽到小男孩把又一段背下來後，他忍不住喊了一聲：「好！」

甘羅被驚動了，扭頭看過來，才發現有位伯伯坐在大石上，看着他笑。甘羅是個很有禮貌的孩子，馬上站起來，往中年人這邊走過來，行了禮：「伯伯，您好！」

　　中年人微笑點頭，説：「小郎好。小郎真是一個勤奮學習的好孩子。」

　　甘羅得意地説：「謝謝伯伯。您説得很對，我真是很勤快的哦。大家都説我是文華坊裏最可愛又勤奮的小郎呢！」

　　「哈哈哈！」中年人看着面前這個一點不懂謙虛的小孩子，不禁樂得哈哈大笑。

　　甘羅仰起小臉，笑嘻嘻地看着中年人：「伯伯，請問尊姓大名？」

　　中年人愣了愣，沒想到這小不點會問自己一個大人的名字，他笑了笑，説：「我叫呂不韋。」

　　呂不韋？甘羅腦子裏閃出記憶。子伯先生上課時跟他們提過這個人。呂不韋是一名商人，常到各國做生意。有一次他去到趙國，遇到了被秦國送到那裏當質子的嬴異人。

　　什麼叫「質子」？古代兩國為了博取彼此的信

任，君王之間經常互相「質子」，即雙方面都把自己至親的人送到對方國家做抵押，作為一種守約的保證。但也有是因為有求於人，這樣的話質子便成了單方面的行為，即只有求人的國家把質子送到被請求的國家。

第二種情況裏的質子景況通常都很淒慘，受歧視甚至虐待。這秦國的皇室子弟嬴異人，便是屬於這種情況。據說呂不韋遇到他時，他家中窮得快要沒米下鍋了。

呂不韋同情嬴異人，給了嬴異人一大筆錢，讓他過上衣食不愁的生活。又回到秦國，說服了嬴異人的父親，準備把嬴異人接回秦國，立為繼承人。沒想到，還沒等把嬴異人接回去，秦、趙兩國關係就突然惡化，作為報復，趙國國君要殺死嬴異人。

這時，又是呂不韋救了嬴異人。他拿出大筆錢去賄賂趙國守城官吏，帶着嬴異人逃出城門，回到秦國。嬴異人回國後被立為太子，改名嬴子楚。

呂不韋對太子嬴子楚有救命之恩，所以很受感激和倚重。而呂不韋也一直支持太子，他收留了民間很多有本領的人，準備日後太子成為國君時，輔助治

國。

不管呂不韋是出於什麼目的而幫助子楚，甘羅都對他十分佩服，畢竟他出手救了一個無辜的人。

「原來是呂伯伯。甘羅有禮了！」甘羅對着呂不韋又是深深一揖。

呂不韋也一臉欣賞地看着甘羅，心裏很喜歡這個長得漂亮可愛又冰雪聰明的小孩子。

「甘羅，你是誰家的孩子？」呂不韋道。

「我爺爺叫甘茂。」

「甘茂？」呂不韋眼睛一亮。

他知道甘茂是誰，他也挺同情甘茂的。甘茂被人誣陷逃到齊國，此時也不知是生是死呢！

沒想到甘茂還有後人在秦國，而且是這樣一個聰慧的孩子。

「可是，我從來沒見過爺爺。」甘羅說着，扁扁嘴，眼裏泛着淚光。

他不但沒見過爺爺，連父親也沒見過。母親倒是見過了，不過是剛出生時，所以沒有一點記憶留下來。

「家裏還有什麼人？」

「只有我姨母。是姨母養育我長大的。我爹娘都不在了。」甘羅説着突然淚如泉湧。

呂不韋的詢問截到了甘羅心裏的痛處。別看甘羅平時總是笑容滿面的，但其實他小小心靈裏的悲傷又有誰知道。看到別人有祖父祖母疼愛着，有爹有娘呵護着，有兄弟姐妹扶持着，一大家子相親相愛、熱熱鬧鬧的，但他卻連自己父母長什麼樣子都不知道。

可憐的孩子！呂不韋拿出一塊手帕，輕輕地擦去甘羅小臉上的淚水，心裏充滿着同情、憐惜。

「伯伯，對不起，我失態了。」甘羅抽泣了一下，説。

「我家離這兒不遠，你日後如果遇到任何困難，可以來找我。我住在烏龍巷，離你這兒不遠。」呂不韋拿出一片上面刻有字的竹片，遞給甘羅，「這是我的名帖，你出示這名帖，門房就會帶你進去。」

「嗯，謝謝呂伯伯。」甘羅接過名帖。

跟呂不韋分手後，甘羅回了家。

「姨母，我回來了！」

姨母正在織布，見到甘羅回來，忙放下手中的織布梭子，笑着説：「快去洗洗手，擦擦臉，然後吃早

膳。」

「嗯。」甘羅答應着。

大豬見到甘羅回來，也撲了上去，狗舌頭直往甘羅臉上舔。甘羅一邊推着大豬，一邊埋怨：「大豬，你沒有刷牙！」

甘羅洗好手和臉，坐到案桌前，姨母早把一碗熱氣騰騰的小麥粥放到他面前，慈愛地說：「餓了吧，快吃。」

「謝謝姨母。」甘羅一邊喝粥，一邊對姨母說，「姨母姨母，我剛才在河邊認識了呂伯伯。」

「呂伯伯？哪個呂伯伯？」姨母狐疑地問道。

甘羅嚥下一口粥，說：「就是呂不韋伯伯呀！把太子從趙國救回來的那個大好人。」

姨母也是個有見識的人，她也知道當今太子是被一名商人救回來的，也聽到過那商人的名字，叫呂不韋。

「哦？那是個好人啊！要不是他，太子就肯定死在趙國了。」姨母說到這裏，又想到了什麼，歎息着說，「只可惜當時沒能把太子的妻子和兒子一塊救出來。一個弱女子帶着一個小孩，留在那危險的地方，

一定很慘，還不知道有沒有命回來。」

姨母想到自己帶着甘羅的艱難，再想到太子妻子和兒子的處境，心裏無限同情。

甘羅小大人似地拍拍姨母肩膀，說：「放心好了。我聽子伯先生說，大王已經跟趙國交涉，要求把那位阿姨還有那小哥哥送回來。」

姨母聽了很開心，說：「那太好了！希望他們能早日歸來。」

第七章
保護甘羅老大

這天天氣很好，太陽照在身上暖暖的，風兒吹到臉上爽爽的，是個令人愉快的好日子。

甘羅跟姨母說了聲再見，就揹着小包袱出門上學去了。遠遠見到平日小豹和四喜等着的歪脖子樹下，站了很多人。甘羅不禁有點驚訝。

甘羅走近，才發現這些都是他的小同窗，除了小豹兩人，還有左樹和八九個小伙伴：「咦，你們怎麼今天都走這條路？」

「我們是特意來這裏等你的。今天是第五天了，你的《論語》背得怎樣了？」左樹走前一步，拉着甘羅的小手，憂心地問道。

「是呀，我們很擔心呢！」小伙伴們七嘴八舌地說着。

「應該可以的。」甘羅說。

其實甘羅也不是有十成把握，在不明白文字意思

的情況下背誦，是特別難記住的。昨天他最後背了一次，是背得出來的，但過了一晚上，有些地方又好像有點模糊了，所以他不知道今天還能不能全背誦出來。

不過，甘羅已經打算好，不可以被利田欺負，也不會讓左樹被利田被欺負。如果自己背不出《論語》，就哭，放聲大哭，把先生們都驚動了，把全學室所有學生都驚動了，到時所有人都會來看看發生了什麼事，看你利田還敢不敢在眾目睽睽之下欺負同窗。

當下甘羅和小伙伴們一起回到學室，見到大院子裏已經站了一幫人，正是利田和他的豬朋狗友。

「哈哈哈，窮鬼們來了，還以為小豆丁害怕了不敢來呢！」利田囂張地叫道。

「你有什麼可怕的？」甘羅可不怕他，「別說廢話了。開始吧！聽好了。」

甘羅也不等利田說什麼，張嘴就背《論語》。

甘羅的聲音很好聽，嫩嫩的童音清脆悅耳，語速很快但又很清晰，所有人都靜靜地聽着。

「『學而時習之，不亦說乎？有朋自遠方來，不

亦樂乎？人不知而不慍，不亦君子乎？』有子曰：
『其為人也孝弟，而好犯上者，鮮矣；不好犯上，而
好作亂者，未之有也。君子務本，本立而道生。孝弟
也者，其為仁之本與』……」

　　甘羅背得很熟，連停頓一下也沒有。利田一點也
不覺得驚訝，因為之前甘羅在課室上已經背過《論
語》第一篇，現在背得流暢不出奇。但後面那些，就
難說了。

　　甘羅背完第一篇《學而篇》，開始背第二篇《為
政篇》：「子曰：『為政以德，譬如北辰，居其所而
眾星共之。』子曰：『詩三百，一言以蔽之，曰：
思無邪』。子曰：『道之以政，齊之以刑，民免而無
恥；道之以德，齊之以禮，有恥且格』……」

　　還是一樣的流暢。跟甘羅要好的小伙伴都很陶醉
地聽着，心裏很高興。看來甘羅真的背得很好呢！

　　隨着甘羅一路順暢地背着，第三篇、第四篇、第
五篇、第六篇，小伙伴們臉上笑開了花，而利田的臉
色卻越來越難看。他還以為，甘羅頂多能背兩篇，就
背不下去了，沒想到這傢伙越戰越勇，一直背到第八
篇還順順利利的。

這時候，甘羅的小嘴一張一合地，已經背完第八篇了，開始背第九篇：「子罕言……子罕言……」

甘羅突然結巴起來，他忘了下面的了。

利田臉上一喜，馬上指着甘羅嚷嚷道：「背啊，繼續背啊，怎麼停下來了……」

甘羅眨眨眼睛，但腦子裏就像是卡住了，怎麼也想不起來。

利田很得意，他走到甘羅跟前，居高臨下的看着比他矮了兩個頭的甘羅，説：「快，快給我磕頭！」

甘羅清了清嗓子，正想大聲號哭，把先生和同窗們引出來。但還沒來得及出聲，就見到以小豹為首的十幾個小伙伴，一齊大喊：「快來人啦，利田欺負人啦！快來人啦，利田欺負人啦……」

可是很奇怪，喊了十幾聲，卻沒有人出來。這時大家才發現，學室裏連個人影也沒有，全不像平時人來人往的熱鬧樣子。

「哈哈哈哈……」利田和他的豬朋狗友大笑起來，笑得前俯後仰的。

利田笑完，對甘羅和他的小伙伴冷笑道：「哼，喊吧喊吧，沒有人來給你們解圍的。知道嗎？今天學

室放假呢，除了我們，沒有人回來的。」

甘羅很吃驚：「今天放假，怎麼沒有人告訴我們。」

利田得意地說：「是我故意不讓人通知你們的，免得你借故逃避背書。哈哈哈，沒想到現在還給了你們『意外驚喜』，你們叫破喉嚨也沒人來救了。快點乖乖受死，磕頭，學狗叫！而且，從明天開始，左樹就得去我家，負責給我家當看門狗！」

「對，趕快受死，磕頭學狗叫，當看門狗！」利田那幫人起哄着。

小豹在甘羅耳邊小聲說：「你快跑，我們掩護你。」

但四喜這時看到了什麼，他拉拉小豹的手，說：「走不了啦，你看那些人，在盯着我們呢！」

大家一看，只見有六個身材高大的，像打手模樣的人，堵住了他們的退路。

利田說：「想跑，沒那麼容易。快磕頭吧！有沒有預先學會狗叫，不會的話，我找隻狗來教你。」

說完，他又和他的朋友一起哈哈大笑起來。

甘羅和小伙伴們都氣壞了，這些人還是學生嗎？

都成了惡霸了。

這時又聽到利田一揮手，説：「出手！讓甘羅給我磕頭。」

「諾！」那六個大漢一齊挺了挺胸，像六座會移動的山，向甘羅走過來了。

小伙伴們一齊走到甘羅面前，要把他護住。甘羅拒絕了，他堅定地站在最前面，瞪着利田那幫人。

眼看那六個人快要走近，甘羅又氣又急，突然，腦子裏感到豁然開朗，啊，記起來了！他張嘴背起了《論語》第九篇：「子罕言，利，與命，與仁……」

利田和他的豬朋狗友的笑聲停了，全都愣愣地看着甘羅。

在他們驚詫的目光下，甘羅又背完了第十篇：「孔子於鄉黨，恂恂如也，似不能言者。其在宗廟朝廷，便便然……」他很流暢地把第十篇背完了。

現場一片寂靜，一會兒利田才結結巴巴地問身旁拿着一卷《論語》的同窗，問道：「背、背、背得對不對？對不對？」

那同窗小聲説：「對了，全對了。」

甘羅的小伙伴們哄一聲歡呼起來，他們圍着甘

羅，跳着、嚷着：

「老大，做得好！」

「老大，你太厲害了！」

「甘羅太聰明了！」

利田臉色很難看，好像想吃人似的，過了一會兒，他重重地哼了一聲，說：「甘羅，別高興太早了。我不會放過你的。」

他一揮手，帶頭離開了。

在小伙伴們的笑聲裏，有一個人卻哭了起來，他是左樹。他是高興的哭，因為他不用賠錢，不用去利田家做奴僕了。

四喜想起利田臨走時説的話，擔心地説：「老大，你要小心利田報復。」

其他小伙伴也表示擔憂：

「是呀是呀！利田這人小氣又霸道，他不會輕易罷休的。」

「我們以後就負責保護老大！上學和放學，我們都一起護送，大家説好嗎？」

「好主意，反正我們都住在附近。以後每天都在歪脖子樹下等甘羅就是。」

「好啊，我贊成！」

「我也贊成！」

「那就一言為定了。」

「謝謝謝謝！」甘羅很感動，覺得小伙伴們對自己太好了。

第八章
遇見政哥哥

又是一個陽光明媚的休沐日。甘羅像往常那樣，起牀後就出去跑步了。

沿着小河跑了一圈，他氣喘吁吁地停了下來，站在小河邊活動手腳，然後又走到那棵大樹前，往樹洞裏掏出一卷竹簡。

他靠着大樹坐下，搖頭晃腦地唸着竹簡上的字：「子曰：『愛親者，不敢惡於人；敬親者，不敢慢於人。愛敬盡於事親，而德教加於百姓，形於四海。蓋天子之孝也』……」

甘羅念的是《孝經》第二章。子伯先生已經教完了《論語》，開始教《孝經》了。

朗朗讀書聲，吸引了一名慢慢走過來的男孩。他九歲左右年紀，生得眉清目秀，是個漂亮的孩子。只是，臉上一副冷漠和陰鬱的表情，跟他的年齡很不相符。

男孩子叫嬴政，他就是太子子楚的兒子。認識他的人都知道，他這樣的性格表現，是因為幼年時在趙國的經歷，給他幼小的心靈留下創傷有關。

幼年時的嬴政生活十分悽慘。秦、趙兩國是敵對國家，作為報復，趙國人理所當然想要拿他們母子出氣，所以嬴政常常遭到辱罵和欺凌，日子長了，就造成了他憂鬱冷漠的性格。

前不久，秦國經過與趙國多方交涉，軟硬兼施，終於令趙國放過了太子妃趙姬和世子政，把他們從趙國放回來了。

嬴政回到秦國，從此不用擔心生命安危，不用擔心餓肚子，不用擔心被人欺負，從此吃最好的東西，穿最好的衣服，被許多人侍候着，被許多人所敬畏害怕。但不知為什麼，他還是不開心。父親見他這樣子很擔心，便破例讓他帶着幾名侍從，出宮走走，散散心。

嬴政覺得那小男孩搖頭晃腦地唸書的樣子很有趣，便站住了盯着他看，甘羅好像感覺到了什麼，轉頭朝嬴政所在位置看去。

見到嬴政在看他，甘羅笑容燦爛地朝嬴政點了點

頭。嬴政愣了愣，他沒想到一個素不相識的人會給他這樣純淨的、友好的、善意的笑，心裏不禁泛起了一絲暖意。

甘羅的笑容太有感染力，太真誠，是任何人都抗拒不了的。

嬴政很想過去跟甘羅説説話，交個朋友。但過往的經歷，所遭受的欺凌和冷待，又讓他打消了念頭。他怕受傷害，所以，他不想擁有，不曾擁有才不會有失去的痛苦。

他把目光從甘羅身上移開了，只是找了個地方默默地坐着，但耳朵仍專注地聽着那小孩子清脆悦耳的聲音，只覺得好聽得就像琴聲，就像歌聲。

讀書聲突然停了，甘羅站起來，把竹簡放回樹洞裏，然後伸了一個懶腰。他蹲下來，在河邊撿了塊小石頭，然後朝河裏扔去。

「啊！」坐在大石頭上的嬴政輕輕叫了一聲。因為他看見，那塊小石頭並沒有在打出一個水渦後就一頭栽進水裏，而是在水面上一跳一跳的，打出了一個又一個水渦，一連打了三個水渦之後，才心有不甘似的一頭扎進水裏，沒了蹤影。

嬴政驚訝地張大了嘴巴，這小孩真厲害！見到小孩玩得興高采烈的，他也心動了，也想玩了，畢竟他才是九歲的孩子。掙扎了一下，他終於走到甘羅面前，問道：「這是什麼遊戲？你是怎麼做到的？」

甘羅笑着說：「這叫打水漂，你沒玩過？」

嬴政搖搖頭。

他自懂事起，發現自己周圍全是仇視的目光，同齡孩子不但不跟他玩，而且常常出言侮辱他，打他，他常常鼻青臉腫地回家。他開始仇視所有人，開始拒人於千里之外，因為他覺得，每個走近他的人，都是不懷好意的，都是想害他的。

所以，後來他乾脆就不出門了，每天躲在家裏，除了跟母親學認字，學四書五經，其他時間就是發呆。他根本不知道一個小孩子可以玩些什麼遊戲。

「我教你玩。」甘羅說着，從地上撿起了一塊扁平的小石塊，「首先我們選擇打水漂的石塊，選擇這種比較扁的石片最好。因為扁平的石頭在水面上容易彈起來，繼續往前飛出。不要選圓圓的光滑的石子，那種石子容易沉進水裏。」

甘羅把扁扁的石塊塞到嬴政的手裏，嬴政拿着石

塊，使勁往水裏一扔，可是石頭一下子就沉沒不見了。嬴政轉頭看着甘羅，不好意思地笑笑，心想自己好笨。

甘羅咧開小嘴笑了笑：「不要緊，我第一次玩打水漂也跟你一樣，只扔出了一個圈。」

他從地上撿了一塊石頭，說：「怎麼讓水漂打多些圈圈呢？一般來說，力氣越大越好。還有要掌握好姿勢，你看，像我這樣，甩出瓦片時，身體同時前移，配合手臂和手指，將瓦片儘量旋轉丟出。」

甘羅說着，把手裏的石頭扔了出去。石頭在水面上一跳一跳的，打出了兩個圈圈：「噢，我力氣小，最多只能打兩到三個圈圈。哥哥，你試試，我相信你一定能比我扔得多。」

「嗯。」嬴政彎腰在地上撿了幾塊扁平的石頭，按甘羅剛剛說的要領，把石頭扔了出去。

「噗通！」石頭一下就沉下去了。

嬴政又再扔，再扔。而甘羅在一邊不斷地糾正他姿勢。一連扔了十幾次後，「噗、噗！」終於打出兩個圈了。

「哇，哥哥好棒！」甘羅使勁地拍着手，衷心地

為他叫好。

嬴政嘗到了成功的滋味，還得到了小伙伴的讚美，他心裏湧起了一股莫名的溫暖和勇氣。

他繼續練，繼續扔，半個時辰之後，「噗、噗、噗」嬴政打的水漂能有三個圈圈了。

「哥哥加油！很快你就可以超過我了。」甘羅笑得很開心，他兩頰紅紅的，就像兩個小紅蘋果。

嬴政看了甘羅一眼，九年的人生，他受盡了白眼和蔑視，因而他也學會了察言觀色，誰對他好，誰對他真心，他一就能看穿。

眼前這小小孩童，是真心的，真的為他的每個進步而高興。所以，他現在雖然只是玩一個打水漂遊戲，但他也想像做一件大事一樣，力求做到最好。

嬴政咧開嘴笑了，他朝甘羅點了點頭，使勁「嗯」了一聲。

如果有個熟悉他的人在，一定會感到萬分驚訝，世子竟然笑了，世子原來是會笑的。

嬴政很快打出了四個水渦，但這時從樹叢中傳來了兩聲鳥叫，那是侍衛們約好的暗號，暗示世子要回宮了。嬴政意猶未盡，但也不得不離開，他依依不捨

地跟甘羅告別。

　　走了幾步，他又回頭，說：「我叫政，嬴政。我還能來找你玩嗎？」

　　甘羅笑着說：「政哥哥好。我叫甘羅。我每到休沐日便會來這裏，你到時來找我玩吧！」

　　嬴政顯得很高興：「好，一言為定。」

　　甘羅看着嬴政的背影，嘴裏嘀咕着：「政哥哥很厲害啊，可以打四個圈圈了。四喜練了一個月，還只能保持打三個圈圈的水平呢！嬴政，嬴政？咦，這名字有點熟悉啊！」

　　甘羅邊往家走，邊想着，突然，他停下了腳步，嬴政，不就是太子嬴子楚的兒子嗎？原來政哥哥就是那個自出生就成了人質，被困在趙國的小孩子！

第九章

培英學室的「室歌」

又是陽光燦爛的一天，甘羅像往常那樣，跟姨母說了再見，然後就蹦蹦跳跳地出門上學了。

甘羅心情很好，邊走邊唱着一首歌：「小呀小兒郎，背着書包上學堂……」

小豹和四喜以往站着等甘羅的那棵歪脖子樹下，這時站了十多個孩子，見到甘羅都喊了起來：「老大早！」

甘羅笑着朝小伙伴們拱手行禮：「哥哥們早。」

四喜有點奇怪地問道：「老大，你剛才唱的什麼歌，很好聽啊！誰教你唱的，好像從沒聽過呢！」

「啊！」甘羅愣了愣，是呀，這首歌自己是怎麼學來的呢？好像沒人教自己呀，只是腦袋裏突然就想起來，突然就會唱了。

不過他也沒去糾結這個問題，他向來是個神經大條的小孩兒，才不會去想為什麼呢，反正自己是個聰

明的小郎君嘛，聰明的小郎君就是這樣無師自通。

「你們覺得好聽，那我就教你們唱好了。」甘羅便興致勃勃地教小伙伴們唱起歌來。

這首歌曲調簡單，歌詞也少，所以大家很快就學會了。於是，在上學的路上，十幾名學童從矮到高兩人一行，排着隊，手拉着手，整齊地跟在甘羅後面走着，唱着。甘羅是一個有點強迫症的孩子，見不得亂哄哄的一羣人在路上走着，所以特地指揮他們排好隊才走。

「小呀小兒郎，背着那書包上學堂，不怕太陽曬也不怕那風雨狂，只怕先生罵我懶呀，沒有學問無臉見爹娘。小呀小兒郎，背着那書包上學堂。不怕太陽曬，也不怕那風雨狂。為了家國為爹娘，好好學習做個好兒郎……」

當十幾個小學童手拉手，排着隊，昂首闊步地唱着歌走進了學室大門時，馬上吸引了先生和學生們的目光。

而大家的目光又特別注意到那個領頭的小孩兒。明明在那隊孩子裏他人最小，個子最矮，但卻走出一種大將軍領着他的戰士們出征的威武感覺。

子伯先生正跟中班的若愚先生站在一起，若愚先生碰碰子伯先生，説：「看那個領隊的小孩，看那氣勢，真了不起啊！這孩子長大肯定不簡單！」

　　子伯先生驕傲地挺起了胸，説：「當然了，你知道他是誰的弟子嗎？」

　　若愚先生扭頭看了看自己得意洋洋的同僚，笑着説：「哦？莫非是你那個班的？」

　　子伯先生高傲地仰起了頭：「正是。」

　　「真令人羨慕。」若愚先生留心聽着孩子們唱的歌，説，「調子很奇特，好像從來沒聽過這種風格的歌，但又覺得很好聽，唱起來琅琅上口，歌詞也很勵志。是你教他們唱的嗎？」

　　「不是我教的。」子伯先生搖搖頭。子伯先生還是很老實的，不是他的功勞，他不會冒認。

　　這時，甘羅已經看到先生了，他帶着隊伍走到子伯先生和若愚先生跟前，説道：「子伯先生好！若愚先生好！」

　　「大家好！」子伯先生和若愚先生齊聲回應。

　　子伯先生問：「你們唱的是什麼歌？」

　　小伙伴們都看向甘羅，因為他們也不知道那首是

什麼歌。甘羅撓撓頭，其實他也不知道啊！

子伯先生見沒有人回答，又問：「是誰教你們的？」

小伙伴們又看向甘羅，這時兩位先生都知道這歌肯定是跟甘羅有很大關係了。

子伯先生看着甘羅：「甘羅，難道是你教他們的？」

甘羅點點頭。

這時若愚先生問道：「那是誰教你唱的呢？」

甘羅撓撓頭，有點困擾，他實在沒法說出誰教的，只好囁囁嚅嚅說：「沒人教，是我腦子裏突然冒出來的。」

其實甘羅沒說，這歌的最後兩句「為了家國為爹娘」是他改過的，因為他自己正是這麼想的。為了自己的家，為了自己的國家，為了告慰自己去世的爹娘，他會努力讀書，讓自己成為一個有學問的、對國家有用的人。

這邊兩位先生眼睛刷地亮了，「是我腦子突然冒出來的」，那不就是說，是這六歲小孩作的嗎？

哇，大才啊！竟然作出這麼好聽這麼勵志的歌

曲。子伯先生和若愚先生互相瞅瞅，都有了一個想法，找山長去，提議把這首歌在全學室傳唱，一來可以激勵學生們，二來傳揚出去，也是整間學室的榮譽。這是他們學室裏一個六歲小童作的，肯定讓別的學室先生羨慕死了。

「現在快上課了。等會下了課，我們倆一起去找山長。」子伯先生在若愚先生耳邊説。

山長，就是學室的負責人，等於我們現在的校長。

第一堂課下課時，子伯先生拉着若愚先生去了找山長。山長是一位長着白鬍子的老人，他是秦國有名的學者之一。

聽了子伯先生和若愚先生的話，山長也很感興趣。其實他早就想有一首自己學室專用的、能激勵學童努力學習，又能體現本學室精神的「室歌」了。他也曾請了儒生作詞請了樂師譜曲，但總覺得歌詞太深不合少年兒童，曲調又沉悶不夠活潑，所以一直未能定下來。

「你去初級班，把甘羅那孩子叫來，讓他唱給我聽聽。」山長馬上吩咐助手。

「諾。」助手急忙去請人了。

不一會兒，甘羅來了，見了山長和兩位先生，不慌不忙地一一見禮。

山長頓時覺得眼前一亮。沒見過在山長面前還能神態自如的學生，一般見到他都戰戰兢兢手足無措，連話都說不好，怎麼這孩子能這樣淡定呢？

再看看他的小臉，多好看的小孩啊！粉雕玉琢似的，臉上的笑容又可愛又溫暖，能把人的心都融化掉。

唉，怎麼自己就沒有一個這樣漂亮可愛的小孫孫呢？！想起自己家裏那個猴子般調皮的傢伙，山長不禁長歎一口氣。

甘羅不知道山長叫自己幹什麼，又見到山長臉上神色在不斷變化，先是歡喜，接着是懊惱，還歎了氣。他心裏不禁打起小鼓，山長這是高興呢還是不高興呢？他叫自己來是好事呢還是壞事呢？

山長這時收拾心情，慈愛地笑着：「甘羅，聽說你作了一首歌？」

哦，原來是因為這件事。甘羅馬上表明：「山長伯伯，這歌不是我作的，只是從我腦子裏突然冒出來

的。」

　　山長心想，小孩子的思維就是奇怪，從他腦子裏冒出來不就是他作的嗎？誰的作品不是從腦子裏冒出來的呀。不過他決定尊重甘羅的說法，漂亮可愛的小孩子總是能得到更多寬容和寵愛的。

　　山長笑呵呵地說：「好的，那你能把這首從腦子裏冒出來的歌，唱一次給山長聽嗎？」

　　甘羅想了想說：「好啊！不過，我想叫小伙伴一起來唱。可以嗎？」

　　山長點點頭：「可以啊！」

　　「山長伯伯，那請您稍等等，我馬上叫他們來。」甘羅說完，蹦蹦跳跳地跑了。

　　山長摸着長鬍子，笑眯眯地看着甘羅的背影，臉上露出了爺爺般的笑容。

　　這孩子，怎麼這樣可愛！他要是我孫子該多好。

　　不一會兒，十幾個學童在甘羅的指揮下，排成一橫列，兩邊矮中間高，整整齊齊地站在山長和兩位先生面前，挺起小胸膛，放聲歌唱：「小呀小兒郎，背着那書包上學堂，不怕太陽曬也不怕那風雨狂，只怕先生罵我懶呀，沒有學問無臉見爹娘。小呀小兒郎，

背着那書包上學堂。不怕太陽曬，也不怕那風雨狂。為了家國為爹娘，好好學習做個好兒郎……」

「好，好，好！好歌！」山長聽完，一連說了三個好字。這首歌好聽勵志又易唱，太符合他心目的「室歌」標準了！

他看着面前十幾個精神奕奕的小學童，笑着點頭：「你們唱得也很好，原來我們學室的弟子都這麼厲害。你們都是好樣兒的。」

學童們第一次被山長稱讚，又激動又開心，他們全都驕傲地挺起了胸膛，臉上笑開了花。

山長當即決定，全學室學生今天就學唱這首歌。以後每天上堂前唱一遍，放學前也唱一遍。

甘羅在學室初級班裏本來就很有名，因為他是讀書好又漂亮的小郎呀！但自從室歌開始傳唱之後，連中級班和高級班的學生都知道，學室裏有這樣一個學習好又會寫歌的小學弟。初級班的課室門口，常常有學長來窺探，想見見這位小學弟。

只有利田更生氣了。以前甘羅沒來讀書時，他可是初級班最厲害的呀，現在變成甘羅了。他想，哼，神童神童，總有一天我叫你變成毛毛蟲！

第十章
跑步使人長高高

　　不知從哪天起，每當上學的時間，從路口那棵歪脖子樹到學室那條路上，人們都會見到十幾名小學童，在一個更小的學童帶領下，每人背着個小包袱，兩人一行排好隊，跟在小學童後面跑步。邊跑還邊背書：「……顏淵問『仁』。子曰：『克己復禮為仁。一日克己復禮，天下歸仁焉。為仁由己，而由人乎哉？』顏淵曰：『請問其目？』子曰：『非禮勿視，非禮勿聽，非禮勿言，非禮勿動。』顏淵曰：『回雖不敏，請事斯語矣』……」

　　不知從哪天起，每天放學後，人們也會看到歪脖子樹下坐着那十幾個學童，他們在討論着剛學到的知識，互相請教一些不懂的問題。而他們中間，有一個懂得特別多的小先生，大家有不明白的都喜歡向他請教，而他的回應又能讓大家很快弄懂。

　　行人見了，都議論紛紛：

「這班小娃娃很了不起啊，每天早上都看到他們跑步、背書。」

「每天放學還在樹下討論學問呢！」

「是呀！堅持很長一段時間了，聽說是附近那間學室的學生。」

「這間學室的讀書風氣真好。我也要把家中小兒送去那裏讀書，看能不能改掉他慵懶的習慣。」

「他們背書和討論是為了學習，那跑步是為了什麼呀？」

「我問過了。他們領頭的小娃娃說，跑步能強身健體，還能長高高……」

對，這幫小娃娃正是你們腦海裏想的，是甘羅和他的小伙伴們。

你們很奇怪吧，怎麼不是排着隊唱着歌上學嗎？怎麼又變成跑步加背書了？

是這樣的。這些學童，都是跟甘羅一樣，家裏都不富裕，家人很艱難才能供他們讀書。他們都是利田那幫人眼裏的窮鬼，被人欺負被人瞧不起，而他們自己也缺少信心，覺得自己低人一等。

但是，自從被山長鼓勵和誇獎之後，他們受到了

很大的鼓舞。甘羅把他們全叫到去山長和先生面前唱歌，正是有讓他們增強自信的想法，沒想到還真的有用。

甘羅就趁着這股東風，他要把小伙伴們的信心找回來，把低着的頭抬起來，把彎下的脊樑挺直。所以，跑步既是增強體質又是增強自信，而背書是要普遍提高小伙伴們的學習水平，因為他很明白背誦的好處，所以他想大家也跟他一起背書。

那天，他在歪脖子樹下，像子伯先生那樣，把兩隻小手放在背後，一本正經地說：「……我們想要學有所成，背誦的能力一定要好。我們背的書都是聖人的智慧，背熟了，這些智慧會留在我們的腦子裏，使我們變得很聰明，變得很厲害……大家有沒有信心，做初級班的優秀學生，做先生的優秀弟子？」

「有！」小伙伴們摩拳擦掌，信心滿滿。

從此之後，就有了跑步背書上學去的這支小隊伍。

而放學後討論是小伙伴們自己提出來的。他們上課時有些還沒弄懂的問題，想請教別人，請教甘羅。所以就有了放學後歪脖子樹下討論的情景。

最先察覺到這十幾個弟子變化的是子伯先生。

一般上到第二堂課，弟子們就開始精神不集中，有打瞌睡的，有想魂遊天外想入非非的，但現在有十幾個弟子是一直精神飽滿、認真聽書的。

以往每次月考，成績排前十名的幾乎都是那班大官子弟，因為他們家裏都請了私人先生在家裏，每天輔導他們做功課，講解課堂上沒學懂的知識。

但最近的一次月考卻出現了變化。經常在前十名的有一半人被擠到十名之後了，出現了新的名字——四喜、左樹、雲來、小豹、陳江。

而子伯先生還發現，這上課精神飽滿、學習進步飛快的五個弟子，都是每天跑着步背着書上學隊伍裏的孩子。

子伯先生感到震驚，感到欣慰。他之前也問過甘羅，跑步背書上學的原因，當時聽了還覺得甘羅有點孩子氣。背書有好處他是知道的，但這樣像小猴子般跑呀跑，真能強身健體長高高嗎？他有點保留。但事實擺在面前，他不由得暗自驚歎，原來竟然真有這樣的效果。這小傢伙那來的古靈精怪想法呢？

子伯先生正在想，要不要去找找山長，讓山長把

甘羅的做法在學室推廣，讓所有弟子每天都要跑步背書呢！

「子伯先生，山長請您去一趟。」助手走進來，說道。

「好。」子伯先生回過神來，馬上去了山長那裏。

山長笑容滿面地接待了子伯先生：「快坐快坐。」

看到山長臉上皺紋笑成了一朵菊花，就知道肯定是有什麼好事降臨了。

果然。

「好消息，內史大人上書大王，請求嘉獎我們學室。」山長笑得鬍子都在抖動。

「啊，真的！」子伯先生太驚喜了，這可是天上掉雞腿的好事啊！

要知道，咸陽郡有幾百家學室，好像還沒有一家這樣榮幸，被內史大人這樣看重呢！內史大人可是咸陽郡府的最高長官啊！

「你知道何以獲獎嗎？」山長故弄玄虛。

子伯先生想了想，也想不出個答案，便搖了搖

頭。

山長喜氣洋洋地說：「甘羅每天帶着一班學童跑步背聖賢書的事，傳到內史大人那裏了。內史大人知道後，特地一大早跑去看，親眼看到一隊小孩子整整齊齊地排着隊跑步，嘴裏齊聲背着聖賢書，感到震憾極了！他又打聽到，這隊小學童的成績在不斷提升，便決定把這件事上奏大王，請求表彰及宏揚這種良好的讀書風氣……」

「那太好了！」子伯先生聽了十分高興，這可是培英學室的大喜事啊！甘羅那幫孩子，的確值得嘉獎。

山長喝了一口水潤潤嗓子，又說：「另外還因為早兩天發生的一件事，一件大事。這件事連你我都不知道，我們的好弟子，做好事不留名，小小年紀令人讚歎。這事也跟甘羅他們有關，原來早兩天，甘羅和他那班小伙伴上學路上，救了一個溺水死亡的孩子！」

竟然有這樣的事！子伯先生頓時瞠目結舌，他簡直不相信自己耳朵，好一會兒才震驚地問道：「山長，您說什麼？我們那些小弟子救了一個溺水死亡的

孩子？您是說，讓一個孩子起死回生？」

　　山長點點頭，感慨地說：「沒錯。」

　　究竟發生了什麼事？甘羅和他的小伙伴怎麼會懂得起死回生之術，把一個溺水已經死去的孩子救活了呢？

第十一章
神仙小哥哥

讓我們回到兩天前⋯⋯

「子曰：『愛親者，不敢惡於人；敬親者，不敢慢於人。愛敬盡於事親，而德教加於百姓，刑於四海，蓋天子之孝也』⋯⋯」

陽光燦爛的路上，小鳥吱喳的叫聲伴着孩子們琅琅的背書聲，匯成一首熱鬧的晨曲。

忽然，聽到前面人聲鼎沸，好像出了什麼事似的。孩子們沒有被干擾到，仍然整齊地跑步，整齊地背書。

很快，他們就看到小河邊圍了一圈人，被圍在圈中心的是⋯⋯

甘羅停下腳步，從人羣的縫隙中，他看到了一個渾身濕瀝瀝的小孩子，一動不動地躺在地上。

他腦海裏湧出兩個字，「遇溺」。

他回頭朝小伙伴們喊了一聲：「停下，救人！」

甘羅仗着人小，從人羣中鑽了進去，他清楚地看見，一大約三、四歲的小男孩躺在地上，他渾身濕透，頭歪在一邊，氣息全無。

一個蹲在子男孩身邊的老伯伯，歎着氣站了起來，說：「沒救了。」

周圍人羣議論紛紛：

「啊，沒救了？天啊！」

「七叔公開藥材舖的，懂點醫理，他說沒救就肯定是不行了。」

「太可憐了，才這麼小。」

「他家裏人怎麼照顧孩子的，讓這麼小的孩子在河邊玩，一不小心就掉下去了。」

「快讓人去找孩子的爹娘吧，他們知道後，還不知道多麼悲痛呢！」

眾人正在惋惜地議論着，卻見到有一個年約五六歲的小男孩走了過來，他跪在溺水小孩子身邊，伸手拍了拍小孩子的臉頰，又喊了幾聲：「小弟弟，小弟弟！」

溺水孩子沒有回應，但圍觀的人就嚷嚷開了：

「哎哎，你這小郎怎麼這樣頑皮，這可不是你玩

兒的地方，快走快走！」

那位七叔公就更是怒氣沖沖：「簡直是胡鬧，快離開！」

這五六歲的小男孩，當然就是甘羅了。剛才見到溺水孩子時，他不知怎的腦子裏就湧出了很多急救知識，讓他不自禁地走向溺水小孩。

甘羅不管別人怎麼説，雖然那七叔公説沒救了，他還是想按腦子裏的救人步驟去做，因為腦子裏的知識告訴他，小男孩只是暫時昏迷，可能還有救。於是，他沒有離開，接着掰開小孩的嘴看看裏面有沒有異物……

圍觀的人實在忍不住了，有幾個人還向甘羅走去，想把他拉開。

甘羅急了，溺水昏迷不醒的人，只有六七分鐘的救援時間，錯過了就真的沒命了。他掙開拉他的手，朝小伙伴們喊道：「手拉手，圍成圈，保護我！」

「是，老大！」老大有命令，十幾個孩子馬上行動起來，手拉手圍成一個圈，把甘羅和溺水小孩圍在中間。

人們想強衝過去，但又怕傷着了這些學童，只好

無奈地看着甘羅，看着他在做一些奇奇怪怪的動作。

　　甘羅繼續進行搶救。小孩嘴裏沒有異物，不用清理，他又再按急救方法，把小孩子下巴抬起，讓他的氣道打開，同時觀察他腹部有沒有上下起伏，再把手指按在頸動脈看有沒有脈動。

　　沒有脈博，沒有呼吸，這表示小孩已是心臟驟停了，要馬上進行心肺復蘇，即人工呼吸及心按壓。

　　甘羅先做了幾下人工呼吸，但他發現自己可能年紀太小，怎麼努力也做不好，便扭頭看向最高大壯實

的小豹，說：「小豹，你過來幫我。」

「好！」小豹急忙走到甘羅身邊。

在甘羅的指導下，小豹給小孩做了兩次人工呼吸，接着做了三十次胸外按壓。

這時甘羅看了看小孩子，發現他仍無氣息。見到小豹已經累了，他又叫了另一個小伙伴，又重復做了一次剛才小豹做過的。

再看看小孩子，還是毫無反應。甘羅有點急了，但他並沒有放棄。他又叫小豹過來……

這時，圍觀的人全都陷入迷惘中。甘羅的行為令他們覺得怪異無比，這孩子究竟在幹什麼？他們仍想衝進圈中制止，但十幾個學童死死地守着他們的防線，不許大人們跨進一步。

小伙伴們都堅信，甘羅這樣做是對溺水小孩好的，甘羅一定能把小孩救活的。因為在他們眼中，甘羅從來沒有做不到的事。

當第五輪心肺復蘇做完後，奇跡發生了。只見那小孩子呻吟兩聲，頭一側，嘴裏吐出許多水來。

「啊！」圍觀的人都不約而同發出驚呼。啊，活了，被七叔公確定死亡的那個孩子救活了。

而十多個學童更是高興得歡呼起來：「甘羅厲害，甘羅了不起！」

這時，溺水小孩睜開了眼睛，茫然的眼神投向正彎腰看他的甘羅。甘羅沒想到，按腦海裏出現的方法，竟然真的把人救活了，他驚訝之餘又暗暗納悶，為什麼自己會懂這些？明明沒有人教過自己呀？

這時，小孩子開口說話了：「小哥哥，你是神仙嗎？謝謝你救了我。」

小男孩的思維，還停留在掉進水裏、掉向黑暗深淵的那一刻。那時他無法呼吸，肺快要炸了，那種難受與恐懼，恐怕他一輩子都無法忘記。之後，他便昏迷了，他都不知道剛才發生什麼事；一醒來，就見到一個好看的小哥哥朝他笑。所以他認定，這麼好看的小哥哥一定是神仙，一定是神仙哥哥把他從難受和恐懼中救出來了。

在場的所有人，眼睛全刷地落到甘羅身上，他們都用看神仙的眼光去看甘羅。那小孩說得對呀！明明七叔公都說他死了，可甘羅就做了那些奇奇怪怪的事情，使人起死回生了。不是神仙是什麼？

那位七叔公，更是神情恍惚，嘴裏唸唸叨叨地說

着：「神童，神童啊！」

　　因為他明明摸過那孩子沒了脈博的，這樣還能活過來。他活了七十多年，還沒見過的啊！這只能是神跡了。

　　甘羅笑着對小孩說：「我不是神仙，救你的也不全是我。你要感謝把你從河裏救上來的叔叔們，要感謝剛才給你做心肺復蘇的兩個哥哥。」

　　正在這時，傳來一男一女的哭叫聲：「小米，小米，你不能死啊！小米小米，你怎麼忍心丟下我們……」

　　一男一女衝進來，把學童們的防線也衝垮了。他們顯然是小孩的父母，接到兒子溺水死亡的消息，哭着喊着趕來了。

　　「爹，娘！」溺水小孩見到父母，喊了起來。

　　「小米，小米，你沒有死！嚇死娘了！」小孩的娘親又驚又喜，她撲上去摟住兒子，大哭起來。

　　小孩的爹爹也跑了過去，一家三口抱頭痛哭。

　　甘羅開心地看着這家人，他轉身朝小伙伴們一揮手，說：「快走，要遲到了。」

　　趁着所有人都看向那悲喜交加的一家人，甘羅和

他的小伙伴們悄悄地離開了。

當那對父母想起要感謝救了自己兒子的恩人時，大家才發現那班孩子已經不見了。

不過，有人知道，這班學童每天都跑步背書，於是，孩子父母拉着最清楚事情經過的那位七叔公，一起去了郡府衙門，請求幫助查找「小恩公」。

內史大人正在寫一份奏章給秦王，這時下屬來了，向他稟告了有百姓請求幫忙尋找小恩公的事。

內史大人一聽，大喜，自己轄下竟然有這樣優秀的學童，真是可喜可賀啊，一定要協助這兩名百姓，把他們找出來，好好表彰！

內史大人馬上問下屬：「這兩夫婦有沒有提供一些線索？」

下屬説：「有啊，他們説，那班孩子每天早上都會排着隊跑步背書上學的……」

「啊！」內史大人驚喜地喊道，「跑步背書上學？我知道是誰了！」

每天早上跑步背書的，在全國絕無僅有，一定是培英學室那十幾名學童，不會有其他人！他沒有想到，培英學室的弟子不但好學上進，而且有着慈悲心

腸和大智慧，竟然出手救人，還救活了。

內史大人心裏翻江倒海，真可以説是百感交集，震驚、佩服、開心、興奮……

他剛剛寫的奏章，就是向秦王報告培英學室的學童每天堅持跑步背書、在民間引發良好反響的事，他懇請秦王對培英學室進行嘉獎、表揚，以提高咸陽學子的讀書風氣。

這幾年，秦國各郡的學室弟子成績統計，咸陽郡竟然排在十多個郡之後，而且還有繼續下滑的趨勢。

作為一郡的領導人，內史大人很擔心啊！國家要強盛，教育很重要，何況咸陽是堂堂國都，不求做到最好，但也不能總處於中游啊！他總想有個契機，提高本地學生的學習風氣。

當有人告訴他培英學生每天跑步背書的事，他又親眼去看過後，知道機會來了。沒想到，培英學生不但學習勤奮，而且還品行高尚，救死扶傷，做好事不留名……這間學室，這班學生，不僅僅可以成為全咸陽學生的榜樣，甚至可以成為全國學生學習的榜樣。這下子，咸陽郡就不再是那個居於中游的郡府了，培英學室的光芒，足以讓其他郡府的學室為之失色。

內史大人把那兩夫婦還有七叔公請進來，詳細問明事情發生經過。七叔公神情激動，一五一十地把那天發生的事，詳細告訴了內史大人。

內史大人邊聽，心裏邊不住地為小學童叫好。之後，他讓七叔公和那兩夫婦先回家，說很快會幫他們找到小恩公。

內史大人是一位很慎重的官員，他馬上派了幾名下屬出去，了解和核實這件事。下屬在百姓中進行多方了解，確定了這件事的真實性，回來向內史大人作了匯報。

於是，內史大人懷着激動的心情，在之前沒寫完的奏章上，又再洋洋灑灑地寫了起來……

這時，太子子楚已經繼位為秦王，他看了內史大人的奏書很是高興，立即寫了一封嘉獎令，並親手寫下「明德育才」四字，命人做成橫匾，派官員送去培英學室。

第十二章
秦王的嘉獎令

今天山長特別高興，好像連眉毛鬍子都在笑。他讓全體學生集中到學室大門外，等候秦王的使者到來。

學生們偷偷交頭接耳：

「這麼隆重，不知道是因為什麼事？」

「反正是好事。你們看看山長，笑得像朵菊花似的。」

「我們先生透露了一句，好像是大王派使者來頒發嘉獎令。」

「嘉獎令？哇，不知是誰這麼幸運！」

有學生悄悄問利田：「利田兄，你祖父常在大王身邊，消息一定很靈通。你祖父有沒有告訴你，大王派使者來嘉獎誰？」

田利驕傲地仰着臉，説：「我祖父每天接觸的都是國家大事。小小一間學室的事，我祖父才沒有時間

理會呢！」

　　一個平日喜歡跟利田一起玩的豬朋狗友，湊過來小聲說：「我父親在郡裏做文書，他收到消息，咸陽郡在教育方面，在秦國一直處於中游，郡府的內史大人很想樹立一個典型，作為全郡學生的榜樣，以提升全郡的學習風氣。會不會是因為你自從入學以來，差不多每次考核都是優良，所以內史大人奏請大王頒令，表揚你？」

　　利田心裏一喜，咦，還真有可能啊！整個初級班，有誰像我這麼厲害。

　　不過，自從甘羅插班來到初級班，好像就……

　　但是，但是自己在其他方面比甘羅有優勢啊！甘羅是個破落戶，而自己，祖父和父親都是秦王所倚重的大官。看在這點份上，大王也會選擇自己當全郡學生的榜樣啊！

　　利田越想越覺得就是這麼回事，他頓時喜上眉梢，急忙整理一下衣服，又撩一下頭髮，心裏在想，到時使者給自己頒嘉獎令時，臉上用什麼表情好呢？要不要說些什麼呢？

　　正當利田在糾結着，到時用嚴肅一點的表情，還

是歡喜一點的表情，説話是謙虛一點，還是意氣風發一點的時候，隱隱約約聽到一陣陣敲鑼打鼓的聲音傳來，又見到山長的助手氣呼吁跑了過來，喊道：「來了來了，頒令的隊伍來了！」

「大家都站好！」山長站在隊伍前，中氣十足地喊道，「站得精神點，整齊些。」

「知道！」學生們馬上回應。

山長滿意地點了點頭，然後滿面笑容地站在最前面。

敲鑼打鼓的聲音越來越近，只見有五六名騎馬的人走在前面，後面跟着一支長長的隊伍，看上去足有一千多人。

所有迎接的人都有點發愣。使者敲鑼打鼓的來頒發大王令，這已經有點奇怪了，還帶着這麼多人？

隊伍越走越近，已經可以看清楚，騎馬走在最前面的是內史大人和一位中年官員，這位中年官員應該就是來頒令的使者。跟在他們後面的也是騎馬的六人，應是他們的侍從。而再後面，是一隊走路來的人，竟然全是老百姓。其中有十幾人拿着各種樂器，在起勁地吹着，敲打着。

離學室大門口十幾步遠的時候，內史大人讓老百姓停下奏樂，他和使者一同下了馬，而這時山長也帶着眾人迎了上去。

　　「見過使者大人，見過內史大人。兩位大人辛苦了！」山長帶着眾人行禮。

　　「免禮免禮。」內史大人笑着說，「恭喜山長，賀喜山長，山長教育有方，培養出這麼優秀的弟子。大王給學室下令嘉獎，這可是咸陽郡頭一次啊！」

　　內史大人說完，把使者介紹給山長：「這是大王派來頒令的曾智大人。」

　　曾智笑着朝山長點點頭，扭頭招呼後面兩名抬着一個橫匾的待衛，讓他們走上前來。

　　曾智把蒙着牌匾的紅布一扯，露出匾上四個龍飛鳳舞的書法——明德育才。

　　山長一見，鬍子都在發抖，眼裏含着淚花，他一輩子都熱心教育事業，教育出不知多少優秀弟子，但得到秦王肯定，這還是第一次，他太激動了。

　　「謝謝大王厚愛，培英學室，今後定不辜負大王期望，要培育出更多優秀學生。」山長聲音顫抖着說。

子伯先生和若愚先生出來接過橫匾，他們也很激動和興奮。

其他先生和學生也挺高興的，大王表揚他們學室了，這是培英學室的每一名先生和弟子的榮幸啊！

利田這時簡直是熱血沸騰了。這是因為自己，大王才給了整個學室這麼高的評價和榮耀啊！以後自己可以在學室橫着走了。看你甘羅以後還敢不敢挑戰我的尊嚴，哼！他不由得把本來就挺直的胸膛再挺了挺。

這時，曾智說：「接下來，奉大王命令，嘉獎貴學室優秀學生。」

山長老懷安慰，說：「內使稍等，老夫馬上喊他們出來見您。」

山長轉身，剛要開口，利田已經一步邁了出來，說：「見過內使大人！」

在場所有人頓時全都看着利田。山長愣了愣，說：「利田，誰讓你出來搗亂的，回去隊伍站好！」

啊！利田傻了，什麼搗亂，山長您不是準備叫我出來嗎？我只不過是先一步出來了。

「回去回去，我沒叫你！」山長見利田站着發

愣，更生氣了，好好的頒獎場面，被你掃興了。

利田這才徹底清醒了，腦子「轟」的一聲，啊，不是我？！學生隊伍裏，有人忍不住「嗤」地笑了一聲。很多人都努力憋着笑，看着那個自以為是的利田。

利田臉紅耳赤地回了隊伍中，他心裏恨死了剛才給他所謂消息的同窗。

山長清了清嗓子，叫道：「甘羅……」

「甘羅？原來是甘羅！」

「甘羅，不就是初級班那個小孩嗎？聽說他年齡最小，入學最遲，但在初級班成績最好。」

學生們小聲議論着。

初級班學童比中高級班學生年紀小，個子也矮，所以排在前面，而甘羅正排在第一行。他正美滋滋地看着熱鬧，剛才又是敲鑼打鼓，又是使者贈匾，他心裏很開心，也很興奮。哇，原來我們學室這麼厲害，連大王也知道了，還來嘉獎。

聽到山長喊他名字，他愣了愣，仰起小臉望着山長說：「啊，山長，你喊我名字幹什麼呀？」

山長又好笑又好氣，這孩子，怎麼這麼糊塗，難

道不知道大王的嘉獎令全是因他而來的嗎？他拍了拍甘羅的小腦袋，說：「乖。快出來，站好！」

「哦。」甘羅乖乖地小跑出來，站在使者大人面前。

曾智見到跑出來一個粉雕玉琢的小男孩，心裏喜歡，朝小男孩笑着點頭。小男孩也不怕生，抬頭呲着小白牙朝他笑，一臉天真爛漫。

曾智被小男孩的笑容暖到了，一直暖到心裏，瀰漫到全身，只覺得整個人都溫暖起來了。他禁不住臉上露出父親般的笑，又伸手去摸了一下甘羅的小腦袋。這就是大王要嘉獎的跑步背書學童嗎？這麼小，這麼可愛，這麼溫暖，如果是我兒子就好了。

甘羅愣了愣，心裏直嘀咕，這些大人怎麼都喜歡摸自己腦袋，快摸傻了好不好！

山長繼續唸名字：「小豹，田喜，左樹，常良……」

被唸到名字的學童走了出來，跟甘羅排成一行。這時學生們都很詫異，有點摸不着頭腦，怎麼嘉獎的有這麼多人？他們並不是最優秀的呀！連那平時畏畏縮縮的膽小的左樹，也被喊了名字。而利田就憤怒得

要炸了，憑什麼連那個最沒用的膽小鬼左樹，都在嘉獎之列，而我卻⋯⋯

十五名學童站在曾智面前，曾智看着他們說：「你們做得真好！雖然年紀小小，但你們的勤奮，你們的堅持不懈，你們的熱心助人，卻足以令所有同齡者和年長者學習，你們很了不起！大王特地讓我來表揚你們，並且準備號召令全國學生向你們學習！」

讓全國學生學習！

「轟」地一下，所有人都沸騰了，這是多麼大的榮耀啊！這班同窗，究竟做了什麼，讓大王給了這麼高的評價。

十幾名學童也相互交換着喜悅的眼神。不過他們也在納悶，不明白自己做了什麼，得到這樣的榮幸。

這時，曾智問道：「你們誰告訴我，跑步背書，是誰出的主意？」

小豹最大膽，他搶着回答：「是甘羅！」

「甘羅？」曾智不知為什麼，就認定了是那個可愛小男孩，「是你嗎？」

「是呀！內使大人真聰明！」甘羅笑嘻嘻地讚揚道。

被一個五六歲的小孩稱讚，曾智忍不住仰面大笑：「哈哈哈……你、你這小傢伙！」

甘羅也跟着嘻嘻嘻笑了起來。

曾智好不容易忍住笑，説：「好，好，你這辦法好！聽説自從跑步背書上學之後，上課不打瞌睡了，學習也進步了，是不是？」

四喜大着膽子回答：「回大人，是的。我們自從堅持每天跑步之後，覺得身體特別好，上課時精神特別好，先生講的課也容易記住。每天早上背書，好像記得特別牢，先生要求的背書，我們現在一點都不害怕了。」

「好！好！」曾智笑着點頭，又問道，「如果現在讓你們背誦學過的書，能背嗎？」

「能！」十幾個孩子一齊自信地回答。

「好，那你們給我背《論語》的第四篇。」

「子曰：『里仁為美。擇不處仁，焉得知？』子曰：『不仁者，不可以久處約，不可以長處樂。仁者安仁，知者利仁……』十幾個孩子齊聲背《論語》，很有聲勢，大家被震驚到了。

「好，大家背得非常好！接着再背《孝經》的

《天子章》。」

十幾個學童又一起背道：「子曰：『愛親者，不敢惡於人；敬親者，不敢慢於人。愛敬盡於事親，而德教加於百姓，刑於四海。蓋天子之孝也。《甫刑》云：『一人有慶，兆民賴之。』」

「好，有誰告訴我，這段話是什麼意思？」曾智指了指左樹，「你來說說。」

左樹膽怯地看了看旁邊的甘羅，甘羅悄悄地朝他豎了豎大拇指。

左樹鼓起了勇氣，說：「孔聖人說，能夠親愛自己父母的人，就不會厭惡別人的父母，能夠尊敬自己父母的人，也不會怠慢別人的父母。以親愛恭敬的心情盡心盡力地侍奉雙親，而將德行教化施之於黎民百姓，使天下百姓遵從效法，這就是天子的孝道……」

聽着左樹流暢的回答，很多人都驚呆了，這還是那個成績差、膽子又小的窮學生嗎？

「好，不枉大王賞識。最難得的，是你們不但會學習，還會做人，會做一個品行高尚的人……」

這時，有把奶聲奶氣的嗓音，喊着：「神仙小哥哥！」

老百姓羣裏，跑出來一個幼童，他跑到甘羅身邊，一把摟住他，喊道：「神仙小哥哥！」

甘羅嚇了一跳，差點被小男孩撲倒，好在站後面的子伯先生扶了他一把。

小伙伴們都看清楚了，這不是早兩天救活的那個溺水小孩子嗎？

這時，有兩個年輕男女，兩名年老男女，跟着走了過來，一齊跪倒在孩子們面前，喊道：「謝謝小恩公，救了我家孩子。」

兩位老人還哭了起來。

原來，這是小孩子的父母和爺爺奶奶。他們家唯一的小心肝寶貝，那天一個人悄悄跑出去玩，不小心掉到水裏，被救上來後已經沒氣。如果不是甘羅他們一番搶救，他們的小寶貝就沒了。

知道今天內史人大帶着秦王使者來頒嘉獎令，他們一早便去了郡府門口等着，之後跟着來到學室，他們要親自感謝救命恩人。

小伙伴們全嚇呆了，他們怎可以讓長輩下跪呀！於是手忙腳亂地把他們扶起來，連聲說：「不敢當。」

學生們本來都有點不服氣，特別是那些高級班的大哥哥們，心想憑什麼這十幾個小毛孩能得到大王嘉獎呀！不就讀書勤快了點嗎？我們也可以啊！

但沒想到他們竟然救了一個溺水的、已經被判定死去的小孩子，大家都驚呆了，全折服了，因為那是救了一條人命啊！

這甘羅小孩子，這十幾個小屁孩小學弟，你們好棒，學長們都想給你們跪了。

這時，因為激動而眼睛發紅的山長，對全學室弟子說：「你們該明白，為什麼大王要頒令，嘉獎這十幾個孩子了吧！他們的行為，實在值得我們所有人學習。」

「向同窗學習！」

「學弟們做得好！」

學生們都激動地喊着。

在眾人的一致讚揚下，甘羅有點不好意思，他說：「多謝各位讚揚，雖然我們是很聰明，很熱心助人，但這都是應該的。哎呀，你們弄得我都變驕傲了！」

山長摸了他小腦袋一下，說：「你本來就很驕

傲。」

甘羅撅着嘴説：「你們大人為什麼總喜歡摸人家腦袋。剛才使者大人摸我，山長您也摸我，把我摸傻了，就少了一個聰明弟子了。」

「臭孩子！」山長笑罵道。

曾智樂呵呵地説：「好啦，大王託我帶了些錢來，給你們買喜歡的東西。來，一人一份。」

曾智拿出一疊紅包，給孩子們每人一個。大家都高興極了。他們中間大多是窮困家庭，平時根本沒有零花錢，現在有了，還是大王給的，能不開心嗎？

等內史大人帶着所有人離開後，山長宣布大家回課室。他笑得合不攏嘴的，臨走時又忍不住摸了甘羅的腦袋一下。

「山長，又摸！」甘羅嘟噥着表示不滿。

「哈哈哈哈！」山長大笑着走了。

第十三章
研究一下羅兒的腦袋

「姨母，我回來了！」甘羅回到家，把小包袱放下，就撲到姨母懷裏。

姨母放下手裏織布的梭子，笑着説：「我的乖羅兒，今天怎麼回來特別早？」

甘羅説：「今天山長要跟先生們開會，所以早了半個時辰放學。」

他説完，從口袋裏掏出個紅包，塞到姨母手裏：「姨母，給你！」

姨母一臉狐疑地打開紅包，一看那疊銀票，大吃一驚：「兩千錢？你哪來這麼多錢？！」

甘羅笑嘻嘻地説：「大王給的。」

「大王給的？大王是誰？」姨母更奇怪了。她還以為這「大王」是哪個小孩子的綽號。

甘羅説：「我們秦國的大王啊！」

「啊！大王給你紅包？羅兒，什麼時候學會説謊

了？」姨母白了甘羅一眼。

「姨母，怎麼這樣說羅兒，羅兒很生氣！」甘羅嘟着嘴，一臉委屈。

姨母一愣，的確，甘羅是個誠實的孩子。但堂堂一國之君，怎麼會發個紅包給一個小孩子呢？她一時想不通。

「是這樣的……」甘羅一五一十地把事情告訴了姨母。

「啊，原來是這樣！羅兒，你好了不起，姨母以你為榮！」姨母高興得流下眼淚。

她擦擦眼睛，又看看手裏的錢，想想又有點奇怪，羅兒自小就聰明，讀書好是自然的，但他怎麼會救人呢？他從小到大，還沒接觸過會治病的醫師，誰教他救人方法的。她忍不住問了甘羅。

甘羅撓撓頭，有點困擾地說：「我也不知道啊！那天見到小弟弟昏迷不醒，心裏一急，不知為什麼腦子裏就馬上有了那些救人的法子。」

姨母眼睛睜得圓圓的，怎會這麼神奇？

姨母把甘羅拉進懷裏，抱住他的腦袋，又是摸又是敲的，還把腦袋貼上去聽聽，想看看跟常人有沒有

什麼不同。

「姨母，手下留情。你們大人怎麼全都這樣，我真擔心自己早晚會變傻了。」甘羅嘟着嘴，不滿地捂住自己的頭。

「哦哦哦，不摸不摸。」姨母見到甘羅抗議，只好放棄了研究甘羅腦袋的打算。

她看着手裏的兩千錢，眼圈又紅了起來。這孩子太懂事了，得了兩千錢的賞金，全部交給大人，自己一點也不留。姨母拿出三百錢給甘羅：「羅兒，這錢你拿着，自己買點喜歡的東西。」

甘羅剛想說不要，但想了想，又伸手接過了錢，他問道：「姨母，這錢歸我了嗎？那我可以自己想用來做什麼都行嗎？」

姨母慈愛地點點頭：「那當然。」

甘羅歡喜地說：「我送給別人行嗎？」

「送人？」姨母愣了愣。

她知道甘羅很喜歡文具舖裏一個竹雕筆筒，每次上舖子裏買紙筆，他都會去瞧一會兒，眼饞地看着筆筒上雕出來栩栩如生的小鳥、蝴蝶，還有伏在樹上的小松鼠。只是那筆筒的價錢，對他們這樣的窮人家來

說有點貴，所以甘羅一直沒開口讓姨母買。姨母這次給他三百錢，就是想圓他的心願。

但萬萬沒想到，甘羅卻要把錢送人。

「送給誰？你小孩子為什麼要送錢給人家？」姨母不解地問。

「是這樣的。」甘羅說，「我想給左樹。左樹爸爸最近病又加重了，要花更多錢去請醫師和抓藥。我想幫幫他。」

姨母沉默了。她也認識左樹家裏人，知道左樹家裏是靠左母一個人織布去賣，來維持生計和給丈夫治病的，要說困難，他們比甘羅家要困難很多倍。

難得甘羅小小年紀有這樣的慈悲心腸。姨母微微點了點頭，心裏感到十分欣慰。

「好孩子，錢給了你，就可以讓你支配。拿去做你想做的事吧！」姨母笑着說，她又拿了三百錢，塞到甘羅手裏，說，「這三百錢也拿去給左樹吧！」

「姨母，這……」甘羅知道自己家裏並不富裕，拿着錢有點猶豫。

「去吧！左樹家比我們更需要錢。」姨母說。

「謝謝姨母！」甘羅點了點頭，說，「那我現在

就拿去給左樹。」

「好，快去快回。姨母現在給你做飯。」姨母看着甘羅一溜煙地跑走了的身影，心裏百感交集，這樣聰明又善良的孩子，真是老天最大的恩賜啊！

難道他真是神仙送來的孩子？姨母又想起了姐姐臨死前說的話。

左樹家並不遠，甘羅小短腿跑了一會兒就到了。

左樹父親以前也是做官的，家境也算小康，但自從左父病倒，沒了他那份收入不算，而且還要花很多錢治病，所以花光了家裏的積蓄，現在只是左母一個人苦苦支撐着。

前段時間，左父的病本來已有好轉，但因為沒錢繼續請大夫，停了一段時間的藥，所以近來又轉差，甚至比之前還嚴重了很多，已經耽誤不起了。只是家裏之前已經借了別人很多錢還沒還，已經不能再借了。左樹帶回來兩千賞錢，可以說是救命錢，左母摟着兒子哭了一場，然後趕緊去請大夫了。

左樹正在給父親餵水，這時甘羅在外面喊了起來：「左樹，甘羅來了！」

左樹一聽，對父親說：「是老大！父親，您稍等

一下，我去去就來。」

左樹跑出門口，見到甘羅，開心地説：「老大，你怎麼來了？」

甘羅説：「我來送錢的。給！」

甘羅把六百錢塞給左樹。左樹嚇了一跳，不肯接：「老大，為什麼給我錢？」

甘羅説：「我姨母讓我拿來，給伯父治病的。」

左樹猛搖頭：「不行不行，你家也需要錢。再説，我已經有兩千錢了，可以給父親治病了。」

甘羅説：「別欺負我小不懂事，我也知道看一次病要多少錢。拿着！再跟我客氣，我就不跟你玩了！」

甘羅説完，把錢塞到左樹手裏，然後就一溜煙跑了。

「老大！老大！」左樹追了幾步，又不放心家裏的父親，只好停住了腳步。他看看手裏的錢，感動得好想哭。

第十四章

你要做個好大王

　　甘羅順利完成送錢任務，心裏很高興，一邊往家走一邊哼着歌：「小呀小兒郎，背着書包上學堂……」

　　走到小河邊時，聽到有人喊：「甘羅！」

　　甘羅一看，咦，是政哥哥呢！

　　「政哥哥，你在等我玩嗎？」甘羅歡天喜地的向嬴政跑過去。

　　「嗯！」嬴政用開心的眼神看甘羅，使勁地點了點頭。

　　自從那次在小河邊遇到甘羅後，兩人就成了好朋友。嬴政一有出來的機會，就會來到河邊，看會不會遇到甘羅，有幾次是成功見着了。

　　嬴政掏出一個新得的玩意兒說：「甘羅，你能解這個九連環嗎？」

　　九連環是一種源於中國的傳統智力遊戲，相傳是

戰國時發明的。這種古老玩具包含着九個相同的圓環及一把「劍」，遊戲目標是把九個圓環全套上或卸下。一般來説，要做到是很不容易的，嬴政本來不笨，但弄了一晚上都沒解開。嬴政覺得甘羅一定能做到，所以就來找他幫忙。

「九連環？」甘羅接過來，他第一次看到這種玩具。

甘羅擺弄了一會兒，發現還挺難的。但他從來不怕難，而且越難的事他越有興趣。

「這玩具我得硺磨硺磨。」甘羅又問，「這麼有趣的玩具，政哥哥哪裏找到的？」

「仲父給我的，他給我兩天時間解開。我昨天已經研究大半天了，都沒有頭緒，所以來找你了。你這麼聰明，一定能解開。」嬴政用信任的小眼神看着甘羅。

嬴政口中的「仲父」就是呂不韋。

「天下事難不倒小甘羅，我會解開的。」甘羅得意地笑着。

嬴政迫不及待地拉着甘羅：「現在解。」

甘羅有點為難，説：「我要回家吃飯了，姨母等

着我呢！明天這時候你在這兒等我，我解給你看。」

「明天？」嬴政想起了仲父兩天解開九連環的要求，他拉着甘羅的手，懇求説，「幫我，今天幫我解開。好不好？」

甘羅想了想説：「我不趕快回去，姨母會擔心的。這樣吧，你跟我回家，我請你吃飯。吃完飯我幫你解。」

「去你家？」嬴政猶豫了一下。

他因為性格問題，一向不喜歡接觸人，所以他也不喜歡去別人家作客。再加上父親説，他是太子，他的安危關係到王位傳承，關係到天下安寧，要求他不能輕易離開王宮，不能去陌生的地方，不能隨便跟不認識的人接觸。

每次出來找甘羅玩，他都要表現很好很好，爭取得到父親的表揚，然後他趁機向父親提出要求，才能如願以償。不過，每次都要讓幾個侍衛高手跟着，才可以出來。

父親一定不喜歡自己去別人家作客的。

見到嬴政猶豫，甘羅一把拉着他的手説：「來吧，來吧。我姨母人很好，她一定很歡迎你的。」

「好，我跟你去。」嬴政說完，不管不顧地拉着甘羅就走。

「慢着。」不知從什麼地方走出來四個人。全都高大壯實，像鐵塔似的堵在兩個小孩子面前。

甘羅嚇了一跳，不知道這些人是從哪裏冒出來的。是壞人嗎？他看了看四周，沒有人經過，所以也沒有人能幫他們，於是他趕緊護在嬴政面前。

雖然那些人比他高了好多倍，壯了好多倍，但他一點不畏懼，他只是擔心嬴政。甘羅知道嬴政是太子，很多跟秦國敵對的國家，或者被秦國滅了的國家，都有很多人想殺他。

「你們是什麼人？走開，再不走開，我就……我就……」甘羅想了一會兒，也沒想出自己有什麼可以威脅那四個壯漢的。

那四個壯漢齊刷刷地看向甘羅，看看這個在他們面前好像一顆小綠豆似的娃娃，會說出什麼來。

「甘羅，甘羅。」嬴政在後面拍拍甘羅的肩膀，想跟他說什麼。

「政哥哥別害怕，有我呢！」甘羅頭也不回地說。

他想，咱人小，也要有點威勢。只要拖上一會兒，爭取有人經過，那他們就有救了。於是，他決定豁出去了。

　　「嘿——」甘羅喊着朝領頭那人跑了過去，用小拳拳砸向那人的肚子。

　　「砰！」好像砸到石頭上一樣，手好痛。

　　甘羅呲牙裂嘴地甩着小手，一抬頭，那人似笑非笑看着他。

　　輸人不能輸陣，甘羅決定，再來！

　　「嘿——」甘羅剛想再衝過去，但被後面的嬴政拉住了。

　　「甘羅，他們是我侍衞。」嬴政指了指那四個人。

　　「啊，你侍衞？又不早説。」甘羅嘟着嘴走了。

　　嬴政急忙趕上去，説：「甘羅，不好意思，其實我是太子嬴政，他們是保護我的。」

　　甘羅還是嘟着嘴，心想，我早知道你是太子，不然就不會誤會有人要殺你了。

　　「甘羅，別生氣。我以後不會再隱瞞你什麼了，一定什麼事都跟你説。」嬴政之前沒告訴甘羅自己身

分，也是怕甘羅知道後，不再把他當尋常小伙伴。不過現在這情況，他也顧不得隱瞞了。

「我只生氣一小會兒，不行嗎？」甘羅繼續往前走。

這時，侍衞頭領攔住嬴政，説：「太子，大王説過，不許您到處去的。請回宮吧！」

嬴政見到甘羅不高興，心裏早就對這四個罪魁禍首不滿，這時哪還能聽他們勸，當下板起小臉，喝了一聲：「誰敢再阻撓本太子，回去我叫人打你們板子！」

「屬下該死！」侍衞頭領嚇得再也不敢出聲。

嬴政説完，就小跑着跟上甘羅，見甘羅已經沒事了，跟平常一樣笑嘻嘻的，心想，甘羅小伙伴果然言而有信，只是生氣一小會兒。

嬴政不禁放下心來，他便問：「甘羅，你剛才去哪了？」

甘羅説：「去了清平巷左樹家。給他送錢去。」

嬴政看了看甘羅打着補丁的衣服。他早知道甘羅家境不好，自小沒了父母，只靠姨母織布掙錢把他養大。他想不明白，甘羅這麼窮了，怎麼還要送錢給別

人。

「左樹是誰？」嬴政問道。

「哦，左樹是我的同窗。他父親病得很重，需要很多很多錢去請大夫，抓藥治病……」

甘羅給嬴政講了左樹家貧窮的情況。嬴政十分驚訝，他才知道原來自己國家有這麼窮困的人家。

「其實左樹家還不算是最窮的。我知道有些人家更窮……」甘羅繼續說着。

嬴政聽得很仔細。甘羅講完，又看着嬴政說：「政哥哥，答應我，將來你要做個好大王，一定要讓老百姓富起來，不能再讓他們捱飢受凍。行嗎？」

嬴政看着甘羅那雙充滿期待的大眼睛，心裏一熱，說：「好，我答應你。」

「謝謝政哥哥，政哥哥最好了！」甘羅高興極了，他蹦蹦跳跳地跑回家，到了門口就大聲嚷嚷，「姨母，姨母，我帶政哥哥來作客了！」

嬴政退後一步，悄悄對侍衛頭領說：「你馬上替我送五千錢去清平巷，一個叫左樹的小孩家裏。放下錢就走，不必說是誰送的。」

「是！」侍衛頭領領命。

嬴政又吩咐其他三個人：「你們不要跟進去，在門外找地方待着。」

　　姨母聽了甘羅的介紹以後，整個人都傻了。自己這姨甥怎麼認識這麼多大人物。之前是呂丞相，現在是太子⋯⋯

第十五章

小先生甘羅

又到了上學日。

甘羅背着小包袱，唱着「小二兒郎」那首歌，來到歪脖子樹下。

「老大！」

「老大來了！」

「老大早！」

十幾個小伙伴們站在樹下，一見到甘羅就七嘴八舌地喊着，就像一羣吱吱喳喳的小鳥兒，熱鬧極了。

「老大，我家裏知道我被大王誇獎，還賞了錢，高興極了。母親特地做了一桌豐盛的菜，請來祖父祖母，叔叔伯伯，家裏熱鬧得像過年似的。」

「老大，我被父親誇了。我長這麼大，父親還是第一次誇我呢！」

「老大，謝謝你帶着我們認真學習，我祖父看到

我學業進步，把他最寶貝的墨硯送給我了。」

「老大，母親看到大王賞的兩千錢，激動得哭了。家裏快沒錢買米了，正好救了急。」

「老大，我以後一定更加努力，我好想得到更多讚揚……」

看到小伙伴們全都興高采烈的，甘羅也笑瞇了眼，他小手一揮，說：「我們這才是萬里長征走了第一步，小小的一步，大家可不要驕傲啊！驕傲會讓人落後的。」

「明白，我們決不驕傲！」小伙伴們嚷道。

「還有，我們努力學習，不只是為了能得到表揚，得到獎賞，我們要用知識改變自己命運，改變天下人的命運……」甘羅揮着小拳頭說着，小伙伴們都驚訝地看着他，心想老大好厲害，怎麼懂得這麼多道理呢？而且還是很有道理的道理。老大越來越像個小先生了。

甘羅見到大家驚訝，想想也愣了，咦，自己腦袋怎麼突然就多了這樣的想法呢？嘿，不想了。

「好，現在就開始跑步！」甘羅領頭，朝着學室方向，出發！

左樹緊跟在甘羅後面跑着，他激動地問道：「老大，你是不是讓人送來了五千錢？」

　　「五千錢？」甘羅嚇了一跳，「沒有啊！我家裏這麼窮，怎可能有五千錢呢？」

　　左樹説：「真不是你？你沒騙我吧？不是你還有誰會給我們家送錢。昨天你來過之後，又有人送錢來了。」

　　甘羅説：「真不是我。如果我家這麼有錢的話，我早就幫你了，不會等到大王賞錢，才拿了些你。送錢去的人沒説什麼嗎？」

　　「沒説什麼。問了我名字後，把錢放下就走了。我追了上去，但他好像會武功，走得很快，一會兒就沒影兒了。」左樹説。

　　「會武功？」甘羅突然想到了什麼，他問，「那人是不是個子很高，很壯實？」

　　「是。眼神還很厲害，很嚇人，像是很能打的人。」左樹想起那人的眼神還心有餘悸。

　　甘羅知道那人是誰了，是政哥哥的侍衛頭領。他心裏很感動，沒想到，自己跟政哥哥講了左樹家的困難，政哥哥就記住了，還讓侍衛送了錢。政哥哥真是

個好人，他日後一定能成為一個好大王的。

甘羅不知道的是，那是他自己給嬴政播下的一顆種子在開始萌芽，那是嬴政在答應他做個好大王的路上，邁開的第一步。

「左樹，我知道那五千錢是誰給的了。希望這筆錢能把伯父的病治好。」甘羅對左樹說。

左樹一聽忙問：「能告訴我是哪位好心人嗎？我父母說，這五千錢，還有你送的六百錢，都算是借的。日後我家情況好轉，我們一家人會拼命掙錢，即使是用一輩子的時間，也要把錢還了。」

「不用還。送你五千錢的人，家裏很有錢呢，他是一心幫你的，你拿着就是。至於我那六百錢嘛，嘻嘻，也不用還了。以後等你有錢了，就買一串，不，兩串糖葫蘆給我吃吧！」甘羅說完，笑嘻嘻地朝前跑了。

「老大，謝謝你！」左樹哽咽着說。

十幾個學童意氣風發地跑回了學室。在大門口他們停了下來，慢慢地走進了學室大門。

假山後，站着幾個人，那是利田，還有僅剩下的幾名願意追隨他的豬朋狗友。

利田身邊的人越來越少了。甘羅和小伙伴們的學習態度，還有他們得到大王獎勵的事，對培英學室的學生來説，是一種激勵，一種動力，一種覺醒。很多人想用行動來證明，自己也可以做到。所以，他們不再跟着利田後面，以打擊那些家境不好的同窗為樂事，他們決心用更多時間去做學問，去提高自己。

對於學室裏的這些改變，利田十分惱火。憑什麼？憑什麼那些窮小子，那些破落戶能得到大王獎賞，他們有資格嗎？還有甘羅那小子，多次令自己沒臉，這仇一定要報！他很快想到了一個辦法，一個可以讓甘羅出醜的辦法。今天，他站在這裏，就是特意等甘羅他們回來的。

「甘羅！」利田等甘羅一行人走近，便走出來喊道。

甘羅停住腳步，小伙伴們也跟在他後面站住了。

「什麼事？」甘羅雙手負在身後，問道。對着比他高了兩個頭的利田，他一點也不輸氣勢。

小伙伴們站在甘羅身後，警惕地看着利田。每次見到他都沒有好事，所以大家都提防着他又想做什麼壞事。

「好事。休沐日那天剛好是我生日，我打算邀請我的朋友們去我家裏玩，其中包括全班同窗。」利田說完一揮手，示意書僮發請帖。

書僮走出來，把手裏一疊寫有名字的請帖，逐一發到甘羅和他的小伙伴手裏。

小豹撇撇嘴説：「你有那麼好心，把我們當朋友？一定有陰謀！」

利田鼻孔朝天哼了哼説：「怎麼啦，怕我害你們？你們可不是那麼膽小的人哦！放心，我們大戶人家，不會弄陰謀鬼計的。」

「一定要賞臉哦，我休沐日在家恭候！」利田說完，帶着豬朋狗友離開。

小伙伴們看着請貼，都在議論：

「這傢伙，一定沒安好心。」

「是呀！肯定又想出什麼鬼主意坑我們。」

「老大，我們去不去？」

甘羅説：「去。聽說他們家養了很多可愛的小動物，種了很多好看的花，去看看也不錯哦。」

第十六章
生日會上的遊戲

　　很快到了利田的生日，小伙伴們在歪脖子樹下集合，浩浩蕩蕩地朝利田家走去。

　　利田家在富貴坊。富貴坊果然富貴啊，家家都是高門大戶，光看大門口就知道裏面是如何的漂亮堂皇了。

　　來到利田家門口，遞了請帖，一名僕人就帶着他們進去了。利田家很大，就像一個大公園，走過了一條長長的林蔭道之後，見到一個淡綠色的湖，湖面上有大白鵝、小鴨子、魚兒在游來游去。湖邊有個樹林，樹林裏種了各種花樹，花正開得爛漫，五彩繽紛、香氣撲鼻。樹上還掛着一個個小鳥籠，籠子裏的鳥在婉囀啼叫，像是在比賽着誰唱得最好聽。

　　僕人把甘羅等人帶進小樹林，只見花樹下擺放了一張張長長的案桌，每張案桌都可以坐十多人，案桌上放着茶水，還有各類水果和點心。很多案桌前已坐

了人，培英學室的同窗也有很多已經來了，正坐在一張長案桌前，熱熱鬧鬧地談笑。

僕人把甘羅一行人安排在培英學生旁邊的一張長案桌，說：「還有些客人沒來，各位小郎請安坐喝茶，吃點東西，等生日會開始。」

「好，謝謝你。」甘羅點點頭。

「甘羅！」先來的同窗裏有人朝這邊招手，喊甘羅的名字。

「各位好！」甘羅也友好地回應着。

坐好之後，甘羅見到一桌子點心，的確誘人，便對大家說：「大家吃點吧！」

四喜有點猶豫地說：「利田那麼壞，會不會在點心裏放了瀉藥？」

聽到他這麼一說，有些準備吃點心的人都停了手。

甘羅說：「不會的。如果我們因為吃點心出了事，他們家要負責任的。即使利田想這樣做，他家裏人也不允許。吃吧！」

甘羅說完，拿起一塊點心吃了起來。

小伙伴們一聽有道理，也都不客氣了。點心真好

吃，他們已經很久沒吃過這麼好吃的東西了。不過他們都是很有禮貌修養的孩子，每人只吃了一兩塊就停下了。

甘羅瞧了瞧，見到不遠處有個亭子，亭子裏有一羣人在說話。甘羅認出，其中除了利田和他的幾個死黨外，還有幾個不認得的，歲數跟利田差不多大，都是十二三歲左右，應該是利田的朋友。

不一會兒，他們走過來了。一行人個個都昂首挺胸，兩眼朝天的，就像一隻隻驕傲的小公雞，看得甘羅捂着嘴嘻嘻笑，心想真是「人以類聚，物以羣分」啊，一個個都跟利田那麼像。

「小公雞們」在主桌前坐好，平時跟利田最好的吳德站起來，清了清嗓子說：「各位朋友，各位同窗，首先感謝你們來參加利田公子的生日會。我們以茶代酒，祝利田公子長命百歲，身體安康。」

「祝利田公子長命百歲，身體安康！」所有客人都站了起來，舉杯喊道。

利田站起來，說了聲「謝謝」，然後一仰頭，把杯裏的茶喝乾了。

客人們也把茶喝了。看來利田家的規距還是很嚴

的，生日會上不許這些未成年人喝酒。

吳德說：「大家請坐。」

等客人坐好後，吳德說：「我們今天來的，都是利田公子的朋友和同窗，大家吃好喝好，別客氣。不過，我們光是吃，也沒意思，我們今天來玩玩遊戲。好不好？」

「好！」客人們都開心地應着。

都是小少年，都是貪玩的年齡，誰不想玩遊戲。

吳德「嘿嘿」笑了兩聲，然後繼續說：「我們在坐的都是學室弟子，都是有文化的人，所以，我們今天就玩作詩遊戲。遊戲規則是這樣的，我們把所有客人的請帖都放在一個布袋裏，然後由我們今天的小壽星利田公子，伸手到袋子裏抽一張，抽到誰的請帖，誰就作一首命題詩。不過，不是讓你長時間去想的哦，這遊戲既考文才，也考急才，只許走十步，就要把詩唸出來。」

「哇，十步成詩？這好難啊！」

「的確很考人急才啊！」

「我肯定不行了。千萬別抽到我，我可不想出醜。」

「我倒想試試……」

大家議論紛紛。

吳德繼續說：「既然是遊戲，就有賞有罰。能作出來的，有一百錢獎勵，如果作不出來，就得大喊十聲我是蠢材。」

小客人們這下不樂意了，這遊戲規則太過分了吧！文人最愛臉子，他們年紀雖小，也算是小文人了，當着這一百多人的面說自己是蠢材，恐怕以後沒臉見人了。

吳德沒給客人反對的機會，他拍了拍手，一個僕人走過去，把一個袋子放到案桌上。

「好，現在就請小壽星抽請帖。今次的詩題是祝壽。」吳德說完，朝利田擠了擠眼睛。

利田心領神會，他站起來，把手伸進了袋子。袋子的口子是紮着的，只留了一個口子，僅能讓人把手伸進去再把請帖拿出來。

這時，利田把手伸進袋子，摸了幾下，抽出了一張請帖，交給了吳德。

大家都緊張地看着吳德，生怕他唸出了自己的名字。

吳德一看請貼，笑着説：「呵呵，是我們的學室同窗，童福！」

在甘羅他們案桌旁邊，同是培英初級班同窗的桌子那裏，站起來一名瘦瘦的少年，他有點害怕，他知道自己根本沒這個才能，能在十步內作出一首祝壽詩。但他又無法抗拒，他知道如果拒絕，將要承受的，恐怕是比當眾説自己是蠢材更大的侮辱。

他腦子裏亂糟糟的，走了出去，站在中間空出來的一塊地方。在吳德一聲「開始」之後，就像個被人操控的木偶一樣，木然地朝前走着。

所有小客人都擔心地看着他，只有主桌的那些人興高采烈地，一齊替瘦小少年數着步數：「一、二、三、四、五……十！」

瘦小少年停了下來，但他顯然還沒想好祝壽詩，嘴裏結結巴巴地説：「同、同窗歡聚賀生日……同窗歡聚賀生日……」

他再也唸不出來了，面紅耳赤地站在那裏。

「哈哈哈，童福，你輸了。快説十聲我是蠢材。」吳德哈哈大笑。

「説，快説！」主桌那些人全站了起來，興高采

烈地催促着。

「我、我是蠢材！我是蠢材⋯⋯」童福低着頭喊着，喊到最後，聲音裏已經帶上了哭腔。

「好，童福首戰告敗，希望下一個能有好成績，能拿到我們利田公子的獎金。」吳德又對利田説，「公子，請抽第二個客人。這次的主題⋯⋯就寫湖裏游着的那些小鵝小鴨吧！」

「好！」利田站起來，把手伸進布袋，摸了一會，抽了一張請帖出來。

「好，我看看這次的幸運兒是誰？啊，甘羅！我們的小神童甘羅。這回那一百錢的獎金能發出去了，十步成詩，對於我們的小神童來説，簡直跟打個噴嚏一樣容易。」吳德大聲説。

「甘羅，別去！他們有心讓你出醜的。」小伙伴們都阻撓着。

甘羅也知道是利田耍手段，一百多個客人，就那麼巧抽到自己了，分明是做了手腳！但是，他不能不出去，不出去豈不是認輸了嗎？十步內作一首詩，也沒要求水平一定要很高，我就作給你看！

第十七章
鵝鵝鵝

甘羅站了起來，走到中間空地。他看了看利田，那個傢伙正得意洋洋地看着他，一副看好戲的模樣。吳德生怕給了甘羅思考的時間，他馬上說：「甘羅同窗，開始了，一⋯⋯」

主桌的那些人又起哄了：「人家神童這麼厲害，可能不用十步呢！」

「是呀是呀，可能五步就可以了。」

「別吵，快替他數數，二⋯⋯」

甘羅沒理會他們，他眼睛看着湖面上游來游去的大白鵝、小鴨子，還有魚，腦子裏緊張地思索着⋯⋯

突然，「叮」的一聲，腦子裏出現了一首詩，有關大白鵝的詩。甘羅挺奇怪的，這算是自己作的嗎？怎麼沒有過程，不是想好一個詞再一個詞，想好一句再一句，怎麼就一下子整首詩就從腦子裏冒出來了？他不禁停下了腳步。

這時替他數數的那些人都很奇怪，心想才數到七，怎麼就停了下來，啊，一定是他根本一句都沒想好，知道走到十步也肯定想不出一首詩，所以乾脆放棄了。

「哈哈哈哈……」以利田為首，主桌的人全都狂笑起來，甘羅，你也有今天。今天就讓你這所謂的小神童顏面掃地。

沒想到，這時甘羅唸起詩來了：「鵝鵝鵝，曲項向天歌，白毛浮綠水，紅掌撥清波。」

狂笑聲嘎然而止，主桌的人，還有其他客人，全都震驚地看着那個氣定神閒的小小身影。

「鵝鵝鵝，曲項向天歌，白毛浮綠水，紅掌撥清波。」詩短短的，形象很具體、很好記，幾乎所有人都記住了，大家反覆唸着，心裏都驚訝極了。

利田呆呆地坐着，嘴裏「鵝鵝鵝」地唸着，整個人都傻了。這麼好的詩，甘羅竟然十步，不，是七步，就作出來了。不，一定是他事前作的，而剛好又符合了主題，所以他才那麼快作了出來。

吳德也傻了。今天這場遊戲，是他們商量出來，準備要讓甘羅丟臉的。其實那抽籤的口袋他們早做了

手腳，大口袋裏還有個小口袋，專門把甘羅，還有一些平時不跟他們玩的同窗請帖放在小口袋裏，利田伸手進去，其實是伸進了小口袋裏，所以總能準確地抽到他們想要打臉的人。

一個客人站起來，露出不可置信的樣子，他問道：「甘羅公子，那首詩真是你作的？」

甘羅聽到有人問，便老老實實地回答：「不是我作的，只是突然從我腦子裏冒出來的。」

「突然從你腦子冒出來，不就是你作的嗎？」

「甘羅厲害！」

客人們七嘴八舌地說，他們沒想到，還真有人能七步成詩。

吳德這時有點無奈地說：「甘羅勝！贏得一百錢。」他拿起一個紅包，走到甘羅面前。

甘羅也不客氣，拿過紅包，走回自己那一桌。他呲着小虎牙，笑着對小伙伴們說：「等會兒我請客，請你們吃大肉包子。」

「噢，太好了！」小伙伴們都歡呼起來。

吳德湊近利田耳邊，問道：「還繼續嗎？」

「繼續。難不到甘羅，就難那幫窮小子。」利田

有點惱羞成怒說。

吳德大聲嚷嚷道：「好了好了，甘羅給我們起了個好頭，希望下一筆獎金能發出去。我們繼續遊戲。現在請利田公子抽請帖。」

利田在布袋裏摸了摸，又從小布袋裏摸出了一張請帖，交給吳德。吳德打開一看，裝模作樣地說：「哇，好巧啊！這個幸運者跟甘羅是一桌的，小豹！這次的主題是小鳥。」

「啊！」小豹一聽頓時愣了。十步成詩，他知道自己肯定做不到。真倒霉，怎麼就那麼巧抽到自己呢！

甘羅正好坐在小豹旁邊，幾次都是抽到學室的窮學童，他已經猜到是利田作弊，故意整他們了。他不想小豹因此尷尬，便站起來說：「我來，我來代小豹！」

說完，他就「蹬蹬蹬」地跑了出去。利田一見，心裏暗暗高興，我正沒藉口讓你出來第二次呢，你就自投羅網了。我就不信你真的這麼厲害，可以第二次七步成詩！

在坐的小客人都激動起來了。哇，甘羅又出來

了，這次，他還能像剛才那樣七步作出一首好詩嗎？一雙雙眼睛瞪得圓溜溜的，全都盯着甘羅。

甘羅站到指定位置，心想寫什麼好呢？這時吳德已經開始計步數了。甘羅下意識地邁開第一步。

「一、二……」吳德數着。

「三、四、五、六、七……」全場人數着。

有人興奮，有人擔憂，有人幸災樂禍，有人提心吊膽……

甘羅自己還只是想了兩句，就聽到腦子裏「叮」的一聲，一首詩湧上腦海，他情不自禁地唸了出來：「百囀千聲隨意移，山花紅紫樹高低。始知鎖向金籠聽，不及林間自在啼。」

「好詩！」有人大喊起來。

樹林裏響起一片掌聲、讚歎聲，連跟利田坐一桌的客人都情不自禁地拍起手來。人們都用佩服的目光看着甘羅，第一次七步成詩，還有可能是剛好碰上，是甘羅以前寫下的，但第二次就不會那麼巧了吧？也是七步就唸出來，那肯定是甘羅即場所寫。六歲的小孩子，竟然寫出這麼好的詩，簡直是神童啊！

連利田也不得不相信了。但他更加不高興了，他

自出生以來就被人稱讚，被人寵着哄着，是個被慣壞了的孩子，看不得比自己厲害的人。本想借着生日會讓甘羅當眾出糗，沒想到卻給了甘羅展示聰明才智的機會，他好生氣啊！咬咬牙，揑揑拳，他暗暗下了決心，總有一天，我要讓你甘羅知道我利田的厲害。

甘羅其實也覺得有點不可思議，怎麼兩次作詩都這麼容易，腦子裏「叮」一聲就想出來一首詩。但真不像是自己作的呀，寫作應該有一個過程，自己都好像沒有這個過程。真奇怪！

這時吳德遞過來紅包，他一點不客氣地拿了，然後蹦蹦跳跳回小伙伴那裏，得意地晃着那張一百錢鈔票，說：「這一百錢，也和大家共享。這次不買吃的了，我們買文具，人人有份，好不好？」

「好啊，謝謝老大！」小伙伴們歡呼着，高興極了。

這時吳德又問利田：「利田公子，還繼續嗎？」

利田惱火地瞪他一眼：「還繼續什麼，讓那個討厭的傢伙繼續表演嗎？」

利田說完，生氣地一揮袖子，走了。

主人都離開了，客人們也都陸續走了。甘羅帶着

一幫小伙伴，去吃肉包子，去買文具，然後歡天喜地回家了。

甘羅留了幾個肉包子給姨母，還跟她說了生日會作詩的事。

「你是說，『叮』一聲，就作了一首很厲害的詩？」姨母喜上眉梢。自己姨甥，真是個神童啊！

姨母越想越興奮，她習慣地把甘羅摟在懷裏，用手摸着他的小腦袋，但她又馬上想起甘羅說過「別把他摸傻了」，又趕緊收回手。

甘羅糾結地說：「說是我作的，我覺得不太對……」

姨母笑嘻嘻地說：「什麼不對？咱家羅兒就是神童，神童就是這樣厲害的嘛！」

甘羅無奈地白了姨母一眼，這些大人啊，真是……

第十八章
長大以後我做你的丞相

　　咸陽宮裏，嬴子楚，即嬴政的父親秦莊襄王，他正在低頭看一份奏章，邊看邊點頭，一副十分開心的樣子。嘴裏還唸着一首詩：「『鵝鵝鵝，曲項向天歌，白毛浮綠水，紅掌撥清波。』好詩，好詩，這孩子不錯哦！」

　　這時，聽得有人來報，呂丞相帶着太子政來了。

　　莊襄王心情正好，他放下奏章，說：「宣他們進來。」

　　「父王！」

　　「大王！」

　　嬴政和呂不韋向秦莊襄王行禮。

　　「王兒，過來。」秦襄王朝呂不韋點點頭，然後向嬴政招手說。

　　「父王。」嬴政快步走到父王跟前。

　　秦莊襄王摸摸兒子的腦袋，一臉慈愛地看着他，

問道:「今天有沒有調皮,先生給你布置的功課完成了嗎?」

　　嬴政正想開口,呂不韋笑着説:「太子最近懂事了很多,學業也進步了,徐太傅今天稱讚他了。」

　　秦莊襄王十分高興:「太好了!政兒,再接再勵,爭取更大進步。」

　　嬴政認真地點點頭,應道:「父王,我記住了。」

　　「父王,我明天可以出宮玩嗎?」嬴政用渴望的小眼神看着父親。

　　「你這小滑頭,表揚你一下就想討獎賞了。」秦莊襄王打了嬴政腦袋一下,「又想去小河邊見你的朋友?」

　　嬴政不好意思地低下頭,「嗯」了一聲。

　　秦莊襄王説:「老是聽到你説那朋友怎麼好怎麼聰明,他叫什麼名字?」

　　「父王,他叫甘羅。」嬴政回答。

　　「甘羅?!」秦莊襄王有點驚訝,隨即滿臉歡喜,「原來你那朋友就是甘羅!」

　　呂不韋在一旁也摸着鬍子笑:「那你跟我説的,

常常跟你切磋學問的孩子，也就是甘羅了！」

　　他不由得想起了那個在河邊背書的聰慧孩子。自從那天以後，他再也沒去過那條小河邊，那孩子也沒有來找他。但他一直知道那孩子的事，跑步背書，救溺水小孩，被大王嘉獎……沒想到這麼巧，他竟然是太子的朋友。怪不得近來太子的學業大有進步，原來是受了那孩子的影響。

　　「嗯，沒錯。」嬴政說，他又有點疑惑地問，「父王，仲父，你們也認識甘羅？」

　　秦莊襄王大笑，他拍着桌上那份奏章，說：「有大臣上奏，說是發現了一個民間神童。他家孩子參加利太僕孫兒的生日會，期間有一名六歲孩子，一連兩次七步成詩。兩首詩全都寫得意趣盎然、意境深遠，是不可多得的好詩。這六歲神童的名字就叫甘羅。」

　　「啊！」嬴政很是驚喜，他挺了挺小胸脯，十分驕傲，那小神童是自己朋友呢！

　　秦莊襄王把奏章遞給嬴政，說：「你跟呂丞相也欣賞一下。」

　　「鵝鵝鵝……」看完詠鵝詩後，嬴政大喊，「我喜歡這首！」

而呂不韋就把另一首詩唸了幾遍：「百囀千聲隨意移，山花紅紫樹高低。始知鎖向金籠聽，不及林間自在啼。」

唸完後長歎一聲：「神童，真是神童！這樣的詩，多少大人也作不出來。有此神童，實是秦國之福啊！」

秦莊襄王説：「我想見見這孩子，政兒，你知道他住在哪裏嗎？」

嬴政自豪地説：「當然知道，我還去他家吃過一頓飯呢！」

嬴政説了甘羅家的地址，秦莊襄王馬上命一名侍從官去傳召了。

趁着等甘羅到來的時候，秦莊襄王又考了嬴政一些功課，見到他答得頭頭是道的，感到十分欣慰。

再説，那名侍從官去到甘羅家，姨母一聽是大王傳召，又驚又喜，心想這姨甥真是不得了，認識丞相識太子，現在連秦王也認識了。她覺得因為認識，所以大王才會召見的。

姨母急忙找出甘羅最好的一件衣服，讓他穿上。不過，雖説是最好的，也只不過是沒有補丁，但卻是

最便宜的粗布做成。

但是，人家甘羅長得好看呀，不穿好衣服，也是冰雪可愛小內使一名，姨母左看右看之後，滿意地點了點頭。

她千叮萬囑，到了王宮，不要淘氣，要聽話，不要自作主張，不要亂說話。等甘羅乖乖地答應了，她又對侍從官嘮叨了一番，直到那名侍從官一再答應，保證安全把甘羅送回來，一根汗毛都不會少，她才肯放人。

甘羅被大王宣召，心裏是很高興的，因為他從來沒進過王宮呢！而且，他還可以見到政哥哥。坐着馬車，很快到了王宮。甘羅第一次進宮，只感到這王宮很大很大，大到他有點擔心，政哥哥在這裏會不會天天迷路？又覺得如果政哥哥今天有空的話，可以跟他玩一下捉迷藏，他覺得這裏真像個天然迷宮，捉迷藏一定很好玩。

車子進了王宮後，又走了一會兒才在一座宮殿前面停下，那座宮殿叫咸陽宮，是秦莊襄王辦公的地方。

侍從官把甘羅抱下馬車，兩人踏上台階。因為要

登一百級台階才能去到宮門口呢！侍從官看着甘羅兩條小短腿，心裏正擔心這小不點能不能爬這麼高的台階。但他一下就瞪大了眼睛，只見甘羅人小卻身手靈活，抬起小短腿，「蹬蹬蹬」就跑上台階，像隻小鹿般跑得飛快，轉眼就跑了幾十級了。侍從官不由得笑了起來，跟在甘羅後面，跑上台階。

甘羅被帶到秦莊襄王辦公的大殿，一進門甘羅就看見了嬴政，馬上高興地呲着小虎牙朝嬴政笑，笑得眼睛彎彎的就像個小月亮。嬴政也高興地看着他，兩人還悄悄地互相擠了擠眼睛。

侍從官怕這小孩再作怪，趕緊說：「甘羅，大王在上，趕快行禮。」

甘羅看到正中坐着一個威嚴的叔叔，知道是秦莊襄王，立即跪下行禮：「拜見大王！」

秦莊襄王看着這小孩，長得精靈可愛，漂亮得像個小仙童，心裏就很喜歡。又看到他一點不緊張，不像別的人那樣，見到大王就戰戰兢的，就更是微微點頭，心想，這孩子，有出息啊！稍加培養……

「起來吧！」他和藹地笑着說。

「謝謝大王！」甘羅說着站了起來。

「你這孩子，怎麼就這樣聰明呢！學習又好，又能帶着別人進步，又會救人，還會作詩，你這腦袋是特殊構造的嗎？」秦莊襄王感慨地說。

甘羅聽了，走到秦莊襄王面前，說：「大王是不是想摸摸我腦袋？摸吧！」

秦莊襄王有點奇怪。甘羅說：「姨母每次說我聰明，都要摸我腦袋的，說是要看看跟別人有什麼不同。」

其實甘羅並不喜歡被人摸腦袋，但看在秦莊襄王是政哥哥的父親，而且還賞了錢給小伙伴們，讓小伙伴們都吃了好多頓飽飯，讓左樹有了錢給父親治病，給他摸一次好了。

秦莊襄王聽了甘羅的話，忍不住仰天哈哈大笑，這小傢伙真有意思！不摸白不摸，他伸手輕輕摸了摸甘羅的小腦袋，甘羅咧開小嘴，讓自己笑得乖巧又聰明。秦莊襄王見了又哈哈大笑起來。這孩子，怎麼就這麼可愛呢！

這時候，一直沒吭聲的呂不韋說：「小甘羅，認得我嗎？」

呂不韋今天穿着官服，打扮跟之前在河邊很不一

樣，甘羅又不好意思東張西望的，所以一直沒發現呂不韋。這時呂不韋一開口，甘羅就認出來了，高興地說：「呂伯伯，是您呀！呂伯伯好！」

他見到呂不韋跟政哥哥站在一起，又問：「呂伯伯，你是政哥哥的老師嗎？」

秦莊襄王大笑起來：「他是我的丞相，幫我治理國家的丞相。」

甘羅眼睛睜得大大的，一臉崇拜地看着呂不韋：「丞相？呂伯伯好厲害！」

秦莊襄王笑着問道：「小甘羅，你想當丞相嗎？」

「想啊！」甘羅毫不猶豫地回答，「不想當丞相的小郎不是好小郎。政哥哥，我長大以後，做你的丞相，就像呂伯伯輔助大王那樣，輔助你。」

嬴政聽了高興極了，他一把抱住甘羅：「那說好了，不能賴掉啊！」

「不會賴掉的。」甘羅說，「咱們拉鈎好了。」

「拉鈎？」嬴政不知道什麼是拉鈎。

「就是這樣。你先伸出小手指，勾住我的小手指，咱一齊喊，拉鈎上吊，一百年，不許變！」甘羅

耐心地教着嬴政。

於是，兩個小孩在秦王辦公的咸陽宮裏，在秦王和呂丞相的見證下，勾着小指頭，鄭重地立下盟約：「拉鈎上吊，一百年，不許變！」

秦莊襄王和呂不韋都忍不住大笑起來。

「小甘羅，你以後別去學室讀書了，做太子伴讀可好？在宮裏，你可以有更多更好的先生教導，可以有更多好玩的東西玩。願意嗎？」秦莊襄王說話的口氣就像個喜歡誘拐小孩的壞人。

秦莊襄王覺得甘羅一定會願意的。做太子伴讀，那是多麼榮耀的事情啊，很多人求都求不來呢！

嬴政聽了父王的話，很興奮，他眼睛亮亮地看着甘羅，臉上寫滿了「快答應」三個字。

甘羅很糾結。他很想做伴讀，因為他可以跟政哥哥在王宮玩捉迷藏，可以有機會在王宮探秘，但是……

「大王，謝謝您的好意，但是我還是想回培英學室讀書。我是小伙伴們的老大，做老大的，不可以拋棄小弟的。」甘羅有點遺憾地說。

老大？在場三個人聽了甘羅拒絕的理由，都有點

哭笑不得。真沒看出他有那麼一丁點老大的樣子。

但想想也不是沒可能啊，就是這個小不點，帶着一班同窗，跑步背書，學業進步，受到朝廷嘉獎。

「老大，噢，不，甘羅，你真的不考慮當伴讀？」秦莊襄王作最後的努力。

嬴政乾脆跑到甘羅跟前，拉着他的手，用懇求的小眼神看着他。

「這……」甘羅着政哥哥，眼睛眨呀眨的，陷入糾結中。

「這樣吧。」秦莊襄王想了個兩全其美的辦法，「你一天去學室，一天來王宮伴讀，這樣既不會拋棄你的小弟，也能來王宮當伴讀，好不好？」

甘羅想了想，這方法不錯哦。他不由得朝秦莊襄王豎起大拇指，稱讚說：「這辦法好，大王您真聰明！」

「哈哈哈哈……」被一個六歲孩子讚聰明，秦莊襄王覺得挺有趣的，不由得大笑起來。

一旁的呂不韋看了，心裏不禁感慨萬千。作為一國之主，秦莊襄王要在所有人面前作嚴肅狀，他要讓所有臣民怕他，服從他，所以，他很少笑，他要控制

自己的喜怒哀樂，他要保持威嚴。但今天，對着這個小學童，他竟然情不自禁地大笑，而且笑了很多次。

呂不韋不由得深深地注視了甘羅一眼，這小傢伙，竟然有這樣的人格魅力，怪不得小小年紀能當「老大」，成為學生小領袖，成為神童。呂不韋衷心希望，小神童長大以後，能成為嬴政的一大助力。

第十九章
尋找甘羅

又是新的一天。這天跟以往任何一個晴天一樣，藍天白雲、陽光燦爛，地上花兒搖，小鳥唱，本來是令人快樂和舒暢的一天。但是，就在這美好的一天裏，卻發生了一件令許多人傷心、恐慌的事——甘羅失蹤了！

最先發現甘羅不見了的，是背書跑步一起上學的小伙伴們。十幾名學童像以往一樣，在規定時間集合在歪脖子樹下，準備等齊人便開始跑步背書回學室。但人都陸陸續續齊了，也沒見到甘羅的蹤影。

「難道老大改了進宮的日期，今天去給太子伴讀了？」有人猜測着。

大家都習慣了，甘羅隔一天就去王宮的。只是，他今天應該是去培英學室上學的。

小豹搖頭說：「不會的。老大是個守信用的人，如果他今天不去學室，一定會告訴我們，不會讓我們

在這裏傻等的。」

「莫非……莫非他病了？」左樹有點擔心。

「啊，不會吧！」大家都挺擔心的。

「不如我們去他家看看，好不好？」有人提議。

小豹說：「不可以，我們如果去老大家，然後再去上學，那會遲到的。這樣好了，我一個人去老大家，你們先回學室。你們替我向老師請假，說我有事晚一點兒回去。」

大家都同意了這個做法，於是兵分兩路，小豹去甘羅家，左樹帶着其他同窗回學室。

看着小豹往甘羅家方向跑去了，大家才排好隊，一邊背書，一邊跑起來。大家心裏都有些不安，所以背書過程中，時不時背錯了，弄得背書聲都不像往日那麼整齊。

回到學室，左樹把甘羅沒去集合地點、小豹去他家找的事，告訴了子伯老師。子伯老師點點頭說：「好，知道了。」

子伯老師雖然一臉淡定，但心裏卻在擔心着，這小傢伙不是真的病了吧？

上課了，做先生的有點心不在焉，學生當中的也

有很多人心不在焉，大家都在惦記着甘羅。

　　半個時辰後，突然聽到課室外有腳步聲，由遠而近，接着小豹和一位年輕的阿姨走了進來，兩人樣子都很慌亂。奇怪是，小豹手裏還拿着個大雞蛋。

　　子伯老師停了嘴，看向小豹，小豹帶着哭腔説：「子伯老師，老大不見了！」

　　子伯老師騰地從座位上跳了起來，説話有點語無倫次：「甘羅不見了？什麼不見了？他去哪了？」

　　那個年輕阿姨就是甘羅的姨母，她哭着説：「先生，快幫忙找找羅兒吧！」

　　原來，甘羅今天和往常一樣，早早就出門上學了。當小豹去到甘羅家，姨母知道甘羅沒去集合地點時，很焦急，馬上跟小豹一起出門，沿着去歪脖子樹的路一路找去。兩人找呀找呀，但卻沒看到甘羅的蹤影，只是在小河邊的一棵樹下，看到了一隻特別大的熟雞蛋。

　　姨母撿起熟雞蛋一看，馬上哭起來了：「羅兒，羅兒，你去哪了！」

　　熟雞蛋是出門上學時姨母給甘羅的。這雞蛋是家裏的雞生的，特別大隻，姨母特地挑出來，煮了給甘

羅。姨母跟甘羅説，吃了大雞蛋，身體健康不生病。甘羅聽了卻説要把雞蛋帶回學室給子伯老師。子伯老師最近身體不怎麼好，一直咳嗽，他想讓子伯老師吃了雞蛋，健健康康的。

子伯老師聽完事情經過，慢慢伸出手，從小豹手裏拿過那個大雞蛋。看着雞蛋，他眼睛有點濕潤，好像看到了小弟子那雙聰慧、機靈的大眼睛。他心亂如麻，覺得自己沒辦法再上課了。

「我要挑十個人，跟我一起去找甘羅。其他的留下自習。」子伯老師説。

「選我！選我！」課室裏，齊刷刷舉起幾十雙手，除了利田和幾個死黨之外，幾乎所有人都把手舉得高高的。

子伯老師本來想選十個年齡大點的弟子，但無奈甘羅那十幾個一起跑步上學的小伙伴死活要去，子伯老師沒辦法，只好把那十幾個人全帶去了。他安排了功課給留下的人，然後去跟山長説了聲甘羅的事。山長聽了也很擔心，還派自己助手一塊跟着去，讓助手隨時向自己報告情況。

馬上，附近的街道上便出現了這樣的情景，小學

童兩人一組，在大街上見人就問：「請問有沒有見到一個背着小包袱的六歲小男孩，瓜子臉，大眼睛，有兩個小酒窩……」

但是，幾個時辰過去了，他們得到的回應都是「沒看見」。這時，每個人都累得快走不動了，心也揪得快打成結了，有幾個小伙伴在不住地抹眼淚。

子伯老師把大雞蛋緊緊捏在手裏，他對哭腫了眼睛的甘羅姨母說：「報官吧！」

內史大人知道甘羅失蹤的消息，他也急了，一定不可以出事啊！他一邊派出大隊士兵，在全咸陽尋找甘羅蹤跡，一邊派人入宮，向秦莊襄王稟告這事。

秦莊襄王知道之後，嬴政當然也知道了。嬴政急壞了，他馬上請求父王派出禁衛軍，也加入了尋人的隊伍。

全城尋人，都衝着一個人，一個名字。所有人心裏都帶着一個疑問：甘羅，甘羅，你在哪裏？

但有一個人，他心裏也糾結，也不安，但他的不安跟別人有不同。他是做了壞事之後的不安。

這個人就是利田。因為甘羅的失蹤，是他一手造成的。

自從甘羅插班進了培英學室初級班，他不再是班裏最聰明的人，甘羅成績比他好，甘羅朋友也比他多，甘羅還得了秦王的嘉獎，這一切一切，都讓他妒忌、不甘，甚至憎恨。所以，他一直想教訓一下甘羅。昨天，他暗地裏找到了一名遊手好閒、不務正業的無賴，讓他綁架甘羅，把甘羅關在小黑屋兩天，不給飯吃不給水喝，把甘羅懲罰一下，看他還敢不敢那麼囂張。他叮囑無賴，只關兩天，別把甘羅餓死了。

　　看到全城都在找甘羅，利田有點害怕了，也覺得自己好像做錯事了。他很想找到無賴，讓無賴趕緊把甘羅放了。但糟糕的是，他找不到無賴了，無賴不知道去哪裏了，而且他也不知道甘羅藏在什麼地方。所以，他只能盼兩天時間快點過去，讓甘羅回來，讓他放下心理負擔。

第二十章
甘羅生命的流逝

大家都在拚命尋找的甘羅，究竟在哪裏呢？讓我們回到當天早晨，甘羅去歪脖子樹的途中。

「小呀小兒郎，背着書包上學堂⋯⋯」甘羅背着小包袱，手裏拿着準備送給子伯老師的大雞蛋，邊走邊唱着歌兒。

走到小河邊時，突然有個長得很高大，臉上長着大鬍子的中年人攔住了他，粗聲粗氣地問道：「你就是甘羅？」

甘羅一見，這大鬍子自己不認識呀？他點點頭，說：「我是甘羅。你是誰啊，你怎麼會認識我？」

大鬍子說：「我是你姨母的朋友。你跟我來，我帶你去一個地方。那地方有很多好吃的東西，有很多好玩的玩具。」

這大鬍子當然就是利田找的那個無賴了。他還以為甘羅會像一些笨小孩那樣，聽到有吃的玩的，就乖

乖地受騙上當。

　　甘羅當然不笨了，他說：「你是我姨母的朋友，我怎麼沒聽姨母說起過？所以，我不會跟你走。有好吃好玩的地方也不會去。」

　　大鬍子見哄騙不成，就露出真面目了，他伸出大爪子，就去抓甘羅，甘羅轉身就跑。但是，他一雙小短腿哪跑得過大人，他很快被抓住了，而且在他大喊的時候，大鬍子一手劈向他後頸，把他打暈了。可憐的甘羅，就這樣被抓走了。

　　當甘羅醒來的時候，發現自己在一間陌生的屋子裏，躺在一張木牀上。他一骨碌爬起來，看到屋子裏除了他睡着的破木牀，就什麼也沒有。

　　迷糊了一下，他想起了之前的事，一定是那個大鬍子把自己關在這裏的。他急忙跳下牀，走到木門前，使勁推了一下。門沒開，只是聽到外面有「咣噹咣噹」的響聲，應該是從外面用鎖鏈鎖上了。

　　他從門縫往外看，見到外面是個院子，大鬍子坐在地上，靠着身後一棵大樹在喝酒，還吃着一隻雞腿。

　　「喂，你是誰，我跟你又沒有仇，你乾嘛要抓我

來這裏。」甘羅生氣地喊道。

「小東西，是一個跟你有仇的人讓我抓你的。放心吧，我不會害你，你乖乖地待着，兩天後我就放你走。」大鬍子說。

「你說謊，我沒有跟人結仇。如果你說出那個人的名字，我才相信。」甘羅想哄那壞蛋說出名字，看看是誰想害他。

「信不信由你，我不會說出委託人名字的。」大鬍子說。

「不說就不說。喂，你悄悄地放了我吧，我這麼可愛的小郎，你忍心這樣傷害我嗎？」甘羅循循善誘。

「唉，說實話，我真的不忍心這樣對待一個小孩子。但是我答應了別人，也拿了別人的錢，不能反悔的。誰叫我需要錢呢！就兩天，你就忍忍吧，明天晚上，我保證放你出去。」

「不行不行！」甘羅帶着哭腔說，然後又拚命大喊起來，「救命！救命啊！有人綁架小孩子啊！」

甘羅希望有人聽見了會來救他。

那個大鬍子等甘羅喊累了，終於停下來時，說：

「別喊了，沒有人聽見的。這是城外一座孤零零的荒廢房子，早就沒有人住了，不管你怎麼喊，都不會有人聽見，不會有人來救你的。」

「嗚嗚嗚，我怕，我要出去！」甘羅這回真的哭了起來 。

「唉，別哭別哭。我最怕小孩子哭了。這樣吧，我給個蒸餅你吃，蒸餅可好吃了。」大鬍子説着走到門外，從門縫裏送了一個蒸餅進來，「拿着。本來委託人不讓我給東西你吃的，要餓你兩天。但我不忍心這樣對你一個小娃娃，所以，我會給你吃給你喝的，你放心好了。」

甘羅無可奈何，只好接過蒸餅，他也有點餓了。心想這個什麼「委託人」太壞了，讓人把自己抓了，還不給東西吃。

自己有害過人嗎？應該沒有啊！那為什麼這個人要害自己呢？小小甘羅太單純了，他不知道，這世界上就是有一些立心不良的人，因為各種原因，加害無辜的人。

甘羅爬上牀，靠着牆壁坐着，咬了一口蒸餅，蒸餅有點乾，一點不像姨母做的好吃，他吃了一口就不

想吃了，把蒸餅放在牀上，躺下了。

他想姨母了，想小伙伴們了，也想子伯老師了，他們見不到自己，一定很焦急。

姨母哭了嗎？她是個堅強的人，即使生活怎樣艱難，她都從不在甘羅面前掉眼淚。但如果找不到甘羅，她一定會哭死了。想到這裏，甘羅覺得心很痛。

小伙伴們現在一定在到處找自己吧，他們為了找人，一定連課業都耽擱了。唉，那個該死的「委託人」，真是害人不淺。甘羅想着想着，鬱悶地睡着了。

甘羅不知道的是，在他睡着的時候，門外發生了一件事。一個男人跑來了，看到大鬍子便說：「終於找到你了！你鄉下來人了，說你父親病得很重，讓你趕快回去，不然就看不到最後一眼了！」

「啊，爹爹啊！」大鬍子是個大孝子，他把手裏啃了大半的雞腿一扔，大聲嚎哭着，拔腿就跑。來找他的人也跟着跑了出去。

事情的發展太可怕太不幸了，慌亂的大鬍子竟然把屋子裏的甘羅忘得一乾二淨。

甘羅是餓醒的。他睜開眼睛，發現外面的天已經

黑了，看來自己睡了很長時間。他坐了起來，借着朦朧的月光，他看見了枕頭邊那個咬了一口的蒸餅。他拿了起來，又咬了一口，很難嚥下，於是，他跳下牀，跑到門邊喊道：「壞蛋，給點水我，渴死了！」

沒想到，外面靜悄悄的，沒有人應。甘羅從門縫往外看，月光下，那棵大樹下連個人影也沒有。甘羅想，可能跑到什麼地方睡覺去了吧。沒法，他只好歎了口氣，又爬上牀，拿起那個硬硬的蒸餅，一小口一小口地吃了起來。

他人小，食量不大，吃了半個蒸餅便飽了，但口更渴了，他用舌頭舔了舔乾乾的嘴唇，無可奈何地又躺下了。睡吧睡吧，睡着了，就不覺得渴了。

在不安中睡着了，到醒來時，天已大亮。甘羅鬆了一口氣，好了，再熬一個白天，等到了晚上，那個大鬍子壞蛋就會來放人了。他覺得那個人還是會守信用的。

肚子又餓了，但更折磨人的是口渴。他覺得喉嚨乾得快冒煙了。舌頭舔了舔嘴唇，感覺乾得裂開了，用手一摸，摸了一點滲出的血。

甘羅很傷心。他跟姨母相依為命，雖然家裏窮，

但姨母把他照顧得很好，他從來沒受過苦，從沒有過今天這樣孤獨無助的處境。

眼裏湧出了淚，但他硬憋回去了。不能哭，要堅強，如果姨母知道自己哭，會心痛的。

甘羅急切地盼望着夜晚的來臨，到了夜晚，他就可以被放出去了，他可以一頭扎進姨母的懷裏撒嬌，他可以喝很多清甜的水，他不用再孤零零一個人。

屋外的太陽已經升到頭頂，中午時分了。甘羅吃完了那半個蒸餅，乾渴使他沒了精神，算起來，他已經有一天又大半天沒喝水了。他側着身體，臉向大門那道縫，靜靜地躺在牀上，眼睛看着外面的陽光一點點地消失，天黑了。

天黑了，可以走了！甘羅興奮地坐了起來，他跑向大門，從門縫往外看，希望看到那個吃雞腿的大鬍子突然出現。可是，他失望了，門外根本沒有人！

「你這個壞蛋，騙人！騙人！」甘羅失望的用手推着門。他信錯人了，他盼了兩天，還以為真的可以出去了，沒想到，事實卻如此殘酷，他的希望被一點點敲碎了。

他再也忍不住哭了，他邊哭邊喊：「騙人，騙

人，你這個騙小孩子的大壞蛋！」

月亮好像不忍見到孩子傷心的淚，悄悄地躲進了雲層裏，屋子裏伸手不見五指，黑夜彷彿一個大妖怪，把小小的甘羅吞進了肚子裏。

甘羅又餓又渴又害怕，無論他有多聰明，畢竟也只是一個六歲的小孩子，他哭着哭着，昏睡過去。

昏迷中，甘羅做了一個長長的夢。夢裏，他還是一個出生不久的小嬰兒，他躺在小牀上，蹬手蹬腳，嘴裏咿咿呀呀地喊着，還不時用手去摸摸躺在身旁一個漂亮的小妹妹。小妹「咿咿呀呀」回應他，說着他們自己也聽不明白的話。漂亮的媽媽和英俊的爸爸常常來到牀前，給他們講好聽的故事，唸優美的詩詞，唱動聽的兒歌，一家人溫馨、快活……

突然場景變了，大魔王來了，爸爸媽媽被抓走了，他和小妹妹被長得怪怪的人抱着，走呀走呀，不知為什麼又分開了，不見了小妹妹，他哭得很傷心，覺得心裏空落落的，好像被挖走一塊似的……

夢裏他又突然出現在文華坊那個家，他看到一張牀上躺着一個病得迷迷糊糊的女子，女子身旁躺着一個早已沒了生命跡象的小嬰兒，那個長得怪怪的人把

他輕輕放下，換走了那小嬰兒……

　　就這樣，甘羅被關在小黑屋裏，一直昏昏沉沉的，做了很多夢，真實得不像夢的夢。到了第四天中午，他已經出現嚴重脫水，生命正從他幼小的軀體裏一點點地流逝……

第二十一章
小嵐的噩夢

甘羅是被他家名叫大豬的狗找到的。

整整四天裏，多少人在為找他而夜以繼日，自從出動了郡兵和禁衛軍後，子伯先生帶着弟子們回去上課了。

雖然很擔心，但學生們的學業還是要繼續的，子伯先生也不能丟下學室裏那些弟子，自己去尋找甘羅。

但是，小豹和左樹，卻死也不肯回去上課，孩子們繼續在咸陽城裏尋找自己的好朋友。他們敲響了每一戶人家的門，手都拍腫了，只為了詢問那些人有沒有見到過甘羅。

但甘羅卻石沉大海，全無蹤影。姨母在城裏東奔西跑了幾天，最終病倒了，躺在牀上起不來。

這天，嬴政去了甘家，他聽到甘羅的姨母病了，他想代替甘羅照顧她。

186

嬴政帶來了幾個僕人，專門侍候姨母。當他難受地走到甘羅平常玩鬧的小院子時，見到了小狗大豬。

　　大豬多天沒見到甘羅，好像也察覺到小主人出事了，牠沒精打采地躺在狗窩裏，對着僕人給牠的香香的肉骨頭也沒胃口吃。

　　見到嬴政，牠認出來了，是小主人的朋友啊！

　　大豬跑出狗窩，想跑到嬴政跟前，但那條繩索把牠拴住了。

　　自從甘羅失蹤後，姨母擔心連大豬也不見了，所以就一直用繩子把牠綁住，不讓牠出門。

　　這時，大豬掙不斷那條繩子，只好朝嬴政「汪汪」叫着，充滿淚水的眼睛露出懇求的眼神，好像在求嬴政什麼。

　　嬴政看着牠，突然眼睛一亮，他激動地蹲下來，看着大豬的眼睛，說：「大豬，你是想去找甘羅？」

　　「汪汪汪汪汪⋯⋯」大豬更大聲地吠着，好像在回應嬴政的話。

　　嬴政只覺得心裏一陣狂喜。他也養過狗，他知道狗鼻子很靈，能吠到人類吠不到的氣味，也許靠着大豬，能找到甘羅。

他趕緊解開綁着大豬的繩索，大豬馬上撒開四條腿，瘋了似地朝外面跑去。

「跟着那隻狗！」嬴政大聲命令他的幾名侍衛。而他自己也跑了出去。

我們先不提大豬怎樣找甘羅，先來說說甘羅失蹤事件裏的一個重要人物——利田。

當利田知道，甘羅兩天後仍然沒有回家的時候，他有點崩潰了。

他沒有害甘羅之心，只是想嚇唬一下他而已。沒想到事情變成這情況，甘羅真的失蹤了。

而糟糕的是他又找不到那個無賴。所以，他變得失魂落魄的，腦子總出現甘羅被餓死在小黑屋的畫面。

甘羅失蹤第四天，早上吃早餐時，利田心不在焉，竟然一連打破了兩隻碗。祖父利通見了，知道小孫子有事，便在早餐後把他叫到書房，審問起來。

利田「哇」一聲哭了，把事情一一說出。

利通大驚，搞不好自己孫子變成綁匪主謀，變成殺人兇手了。

利田辦不到的事，並不等於利通辦不到，他刻不

容緩，馬上派出很多人，到處打聽無賴下落。

很快，利家人馬就聽到了大鬍子的訊息，知道他因為父親病危回了鄉下，於是他立刻派了幾個人，騎着快馬十萬火急去到大鬍子鄉下。

因為父親病逝，大鬍子正陷入深深悲痛中，當他見到利通派來的人，才突然想起了被關在小黑屋的那個孩子，他嚇壞了。

大鬍子的老母親知道後，把他痛罵一頓，然後也不管家裏喪事沒辦完，馬上要他回咸陽城救人。

大鬍子騎上利通的人帶來的快馬，匆匆回到那間廢棄的房子時，剛好看到這樣一幕——太子嬴政流着眼淚，抱着一個昏迷不醒的小男孩從屋裏出來，匆匆上了一輛宮中的馬車，然後急急離開……

糟了，闖大禍了，那孩子還能救活嗎？

大鬍子備受良心譴責，他垂頭喪氣地去了咸陽郡府，自首了。

甘羅，你還好嗎？你能熬過這一關嗎？

你千萬不可以有事，你要活下去，活到跟你的親人團聚那一天……

　　遠在千年之後的小嵐，這時正做着一個噩夢，夢
到她回到了自己六歲那年，夢到她六歲身體中的有一
部分在慢慢消失、逝去，她尖叫一聲醒來，身上大汗
淋漓，心跳如雷……

公主傳奇34

穿越千年的思念

作　　者：馬翠蘿、麥曉帆
繪　　畫：滿丫丫
責任編輯：胡頌茵
美術設計：李成宇
出　　版：新雅文化事業有限公司
　　　　　香港英皇道499號北角工業大廈18樓
　　　　　電話：（852）2138 7998
　　　　　傳真：（852）2597 4003
　　　　　網址：http://www.sunya.com.hk
　　　　　電郵：marketing@sunya.com.hk
發　　行：香港聯合書刊物流有限公司
　　　　　香港荃灣德士古道220-248號荃灣工業中心16樓
　　　　　電話：（852）2150 2100
　　　　　傳真：（852）2407 3062
　　　　　電郵：info@suplogistics.com.hk
印　　刷：中華商務彩色印刷有限公司
　　　　　香港新界大埔汀麗路 36 號
版　　次：二〇二二年六月初版

版權所有・不准翻印

ISBN：978-962-08-8031-5
© 2022 Sun Ya Publications (HK) Ltd.
18/F, North Point Industrial Building, 499 King's Road, Hong Kong
Published in Hong Kong, China
Printed in China